Le violon de Crémone
Trois contes

Ernst Theodor Amadeus Hoffmann

Ernst Theodor Amadeus Hoffmann est né en 1776 à Königsberg. Écrivain romantique, il fut également compositeur, dessinateur et juriste. Il est mort à Berlin en 1822.

Ernst Theodor
Amadeus Hoffmann

Le violon de Crémone
Trois contes

Traductions de Henry Egmont
revues par Michel Laporte

Le violon de Crémone ou Le conseiller Krespel
Titre original : *Rat Krespel*
Cette nouvelle a été publiée pour la première fois dans un recueil en quatre tomes intitulé *Les Frères de Saint Sérapion* (*Die Serapionsbrüder*), (Berlin, entre 1819 et 1821).

La vision
Titre original : *Eine Spukgeschichte*
Cette nouvelle figurait également dans le recueil intitulé *Les Frères de Saint Sérapion* (*Die Serapionsbrüder*).

L'homme au sable
Titre original : *Der Sandmann*
Cette nouvelle a été publiée pour la première fois à Berlin en 1816-1817 dans un recueil intitulé *Contes nocturnes* (*Nachtstücke*).

LE VIOLON DE CRÉMONE

1

L'homme dont je vais vous parler, dit alors Théodore, n'est autre que le conseiller Krespel, de la ville de H…

Ce conseiller Krespel était, sans aucun doute, un des plus grands originaux que j'aie rencontrés de ma vie. Lorsque j'arrivai à H… pour y séjourner quelque temps, la ville ne parlait que de lui à cause d'une de ses excentricités qui était encore en cours.

Krespel jouissait d'une excellente réputation comme homme de loi et comme diplomate. Le prince régnant d'une petite souveraineté d'Allemagne l'avait donc chargé de rédiger un mémoire visant à prouver la légitimité de ses prétentions sur un certain territoire. Ce mémoire fut adressé à la cour impériale où il connut un total succès. Comme Krespel s'était souvent plaint de n'avoir jamais pu trouver une habitation qui lui convienne, le prince, pour le récompenser de son mémoire, prit à sa charge les frais d'une maison que Krespel ferait bâtir à son goût. Il voulait même payer le terrain, à l'endroit qu'il plairait à Krespel de choisir, mais celui-ci déclina cette offre. Il avait résolu de bâtir sa demeure dans un jardin qui lui appartenait et qui était situé aux portes de la ville, dans un site tout ce qu'il y avait d'agréable.

Il commença par acheter toutes sortes de matériaux qu'il fit transporter sur place. Après quoi, on le vit à longueur de journée, dans son costume bizarre (qu'il avait du reste confectionné lui-même d'après certains principes bien précis), éteindre la chaux, passer le gravier au tamis, disposer les moellons en tas réguliers, etc.

Il n'avait discuté avec aucun architecte, il n'avait tracé aucun plan. Un beau jour, cependant, il s'en fut trouver un maître maçon d'excellente réputation et le pria de se rendre dans son jardin le lendemain, au point du jour, avec tous ses ouvriers, ses apprentis et ses manœuvres, afin de lui construire sa maison. Tout naturellement le maître maçon demanda à voir le plan et ne fut pas peu surpris d'entendre Krespel lui répondre qu'on n'en avait pas besoin et que tout irait très bien sans. Quand il arriva sur place le lendemain matin avec tous ses hommes, il découvrit la trace d'un fossé en forme de rectangle régulier.

Krespel lui dit :

— Voici où il faut creuser les fondations. Je vous prierai ensuite d'élever les quatre murs jusqu'à ce que je dise : « Halte ! »

— Sans fenêtres ? Sans portes ? Sans murs de refend ? demanda le maçon, presque effrayé par cette bizarrerie de Krespel.

— Comme je viens de vous le dire, mon brave homme, répliqua le conseiller tout tranquillement. Le reste viendra plus tard.

Il fallut lui promettre une riche récompense pour décider le maître maçon à entreprendre cet ouvrage bien singulier. Toutefois, jamais construction ne fut menée plus joyeusement car ce fut au milieu de rires continuels que les ouvriers, sans jamais quitter le chantier où on les fournissait généreusement en boisson et en nourriture, érigèrent les quatre murailles. Elles s'élevèrent avec une rapidité surprenante, jusqu'au jour où Krespel cria :

— Halte !

Aussitôt les truelles et les pelles se turent. Les ouvriers descendirent des échafaudages et vinrent se ranger autour de Krespel. Tous parurent demander avec une mine moqueuse : « Eh bien ! et maintenant ? »

— Place ! s'écria Krespel.

Il courut à un bout du jardin, puis, à pas lents, marcha droit vers sa bâtisse carrée. Arrivé près du mur, il secoua la tête d'un air mécontent. Il courut à un autre coin du jardin, marcha de nouveau vers le bâtiment, eut la même mimique. Il répéta plusieurs fois la manœuvre, jusqu'à ce qu'enfin, après avoir manqué s'écraser le nez contre le mur tant il avait couru, il cria de toutes ses forces :

— Ici, vous autres ! Arrivez ! Percez-moi une porte ici !

Il en donna la hauteur et la largeur précises en pieds et en pouces, et on fit selon ses instructions. Alors il entra dans le bâtiment et sourit d'un air satisfait quand le maître maçon fit remarquer que les murs avaient exactement la hauteur d'une maison de deux bons étages. Krespel se mit à marcher de long en large dans l'espace qu'ils délimitaient. Armés de pioches et de marteaux, les maçons le suivaient et chaque fois qu'il s'écriait : « Une fenêtre ici ! Six pieds de haut, quatre de large. Là, une petite fenêtre ! Trois pieds de haut, deux de large ! », on les perçait aussitôt.

J'arrivai à H... justement pendant cette opération de percement. C'était un spectacle très divertissant de voir plusieurs centaines de curieux attroupés autour du jardin qui poussaient de grands cris de joie quand les pierres volaient tout à coup en faisant apparaître une nouvelle fenêtre là où personne ne l'aurait attendue.

Krespel procéda de la même façon pour tout le reste de la maison, en faisant exécuter les travaux nécessaires à son achèvement sur le moment, en fonction d'inspirations soudaines. La bizarrerie de l'entreprise, la conviction qui finit par prévaloir qu'en définitive les choses s'arrangeaient mieux qu'on pouvait l'attendre et, surtout, l'extrême générosité de Krespel – qui ne lui coûtait pas bien cher, à la vérité – gardèrent tout son monde d'excellente humeur jusqu'au bout.

Toutes les difficultés qu'aurait dû occasionner cette

manière aventureuse de bâtir furent donc surmontées. En peu de temps, on vit s'achever une maison à l'aspect des plus insolites à l'extérieur. Pas une fenêtre, en effet, n'était semblable à une autre, et le reste était à l'avenant. Sa distribution intérieure, en revanche, se révélait très plaisante. Tous ceux qui la visitèrent l'affirmèrent volontiers, et j'en fus convaincu moi-même quand Krespel m'y reçut après que nous devînmes plus intimes.

Jusqu'à ce moment-là, je n'avais pas encore parlé à cet homme singulier. Sa construction l'occupait à un tel point qu'il ne venait plus dîner le mardi chez le professeur M*** comme il en avait l'habitude. Même, il répondit à une invitation expresse de sa part qu'il ne passerait pas la porte pour sortir de chez lui avant la fête d'inauguration de la maison.

Ses amis et connaissances s'attendaient à un repas de cérémonie mais Krespel n'invita personne d'autre que les maçons, les ouvriers, les apprentis et les manœuvres qui avaient travaillé à sa maison. Il les traita avec le plus grand raffinement. Des gâcheurs de plâtre dévorèrent à belles dents de savoureux pâtés de perdrix ; des charpentiers déchiquetèrent avec délice des faisans rôtis ; des manœuvres affamés se servirent sans façon les meilleurs morceaux de succulents ragoûts truffés. Le soir, leurs femmes et leurs filles se joignirent à eux pour un grand bal. Krespel valsa avec plusieurs épouses de maçons puis il s'assit au milieu des musiciens de l'orchestre municipal et, le violon en main, dirigea la musique à danser jusqu'au jour.

Le mardi suivant cette fête où le conseiller s'était révélé comme un ami du peuple, je le rencontrai enfin, à ma grande joie, chez le professeur M***.

On ne peut rien imaginer de plus surprenant que la manière d'être de Krespel. Gauche et raide dans ses mouvements, il donnait à chaque instant l'impression qu'il allait heurter quelque chose ou provoquer une catastrophe. Il n'en était rien cependant, et on le savait d'avance. La maîtresse de maison ne s'émut pas en le voyant tourner d'un pas pesant autour d'une table chargée de tasses en porcelaine précieuse, s'agiter près d'une glace superbe qui descendait jusqu'au plancher ou même s'emparer d'un vase admirablement peint et l'agiter en l'air comme pour en mettre en valeur les couleurs.

En attendant le dîner, Krespel examina avec une scrupuleuse attention absolument tout ce qui se trouvait dans le salon du professeur ; il grimpa sur un fauteuil pour détacher un tableau du mur et le remit en place de la même façon. En même temps, il parlait beaucoup et avec enthousiasme. Tantôt – cela se remarqua surtout pendant le dîner – il sautait brusquement d'un sujet à un autre, tantôt il ne pouvait se détacher d'une idée. Il y revenait alors sans cesse et tournait longuement autour sans parvenir à reprendre le cours de ses pensées jusqu'à ce qu'autre chose lui vienne brusquement à l'esprit. Le ton de sa voix était tantôt rauque, aigu, criard, tantôt sourd, musical, traînant mais jamais celui qui correspondait à ce qu'il disait.

On parla de musique et on fit l'éloge d'un nouveau compositeur. Krespel sourit et dit d'une voix douce et chantante :

— Je voudrais que Satan aux plumes noires emporte ce maudit écorcheur de sons à dix mille millions de toises au fin fond des enfers !

Puis il s'écria avec fureur, d'une voix effroyable :

— C'est un ange du ciel ! Tout en elle est harmonie et musique montant vers Dieu ! Lumière et astre du chant !

Et aussitôt des larmes lui envahirent les yeux. Il fallut se rappeler qu'une heure plus tôt on avait évoqué une cantatrice célèbre.

On servit un lièvre rôti. Je remarquai que Krespel mettait soigneusement de côté les os sur le bord de son assiette. Il réclama ensuite des pattes de l'animal que la fille du professeur, une enfant de cinq ans, lui apporta en souriant gentiment. Les enfants, du reste, l'avaient considéré avec beaucoup de sympathie pendant tout le dîner. À la fin ils se levèrent et, avec un peu de timidité, vinrent se ranger autour de lui à une distance respectueuse de trois pas. Que va-t-il se passer ? me demandai-je en moi-même.

On apporta le dessert. Le conseiller tira de sa poche un coffret qui renfermait un petit tour en acier. Il le fixa promptement à la table et, avec une adresse et une rapidité incroyables, il se mit à façonner dans les os du lièvre toutes sortes de boîtes, de billes et de tabatières minuscules que les enfants reçurent en jubilant.

Au moment de quitter la table, la nièce du professeur demanda :

— Que devient donc notre Antonia, cher conseiller ?

Krespel fit la grimace, comme s'il avait mordu dans une orange amère tout en voulant se donner l'air d'avoir goûté à un fruit délicieux. Très vite cette mimique se changea en un masque hideux à voir où je décelai une férocité et une amertume qui me parurent diaboliques.

— Notre... notre chère Antonia ? demanda-t-il d'une voix traînante et désagréablement mélodieuse.

Le professeur se hâta d'intervenir. Au regard de reproche qu'il lança à sa nièce, je sentis qu'elle avait touché une corde qui devait sonner de façon contrariante dans l'esprit de Krespel.

— Et comment vont les violons ? demanda le professeur gaiement en prenant les deux mains du conseiller dans les siennes.

Le visage de Krespel s'éclaira aussitôt. Il répondit d'une voix forte :

— Parfaitement, professeur. J'ai commencé aujourd'hui à réduire en morceaux cet excellent violon d'Amati[1] qu'un heureux hasard a fait tomber entre mes

1. Nicolo Amati (1596-1684), luthier de Crémone, en Italie. On lui doit quelques-uns des meilleurs violons jamais fabriqués. Deux autres familles de luthiers œuvrèrent dans cette même ville : les Stradivari et les Guarneri.

mains ainsi que je vous l'ai raconté. J'espère qu'Antonia aura soigneusement démonté le reste.

— Antonia est une bonne enfant, dit le professeur.

— Oui vraiment, c'est le cas ! s'écria le conseiller.

Sur quoi il se retourna brusquement et, dans un même geste, il s'empara de son chapeau et de sa canne, et passa la porte d'un bond. Je remarquai dans un miroir qu'il avait les yeux baignés de larmes.

Aussitôt qu'il fut parti, je pressai le professeur de m'apprendre ce qu'il en était de Krespel et des violons et, surtout, d'Antonia.

— Ah ! dit le professeur, le conseiller est un homme tout à fait original, aussi ne met-il pas moins d'extravagance à fabriquer ses violons que dans tout le reste.

— Il fabrique des violons ! répétai-je tout étonné.

— Oui, répondit le professeur. De l'avis des connaisseurs, Krespel construit les meilleurs violons que produit notre époque. Autrefois, quand il en avait terminé un, il permettait qu'on s'en serve mais, depuis quelque temps, il a tout à fait changé de façon. Dès qu'il a terminé un violon, il en joue pendant une heure ou deux, avec un talent des plus rares et une expressivité remarquable, puis il l'accroche auprès des autres pour ne plus jamais y toucher ni permettre que personne en joue. S'il sait où trouver un instrument d'un ancien maître réputé, il l'achète, quel que soit le prix qu'on en demande. Agissant de même qu'avec ses propres créations, il n'en joue qu'une seule fois.

Ensuite, il le démonte pour examiner soigneusement sa structure intérieure. S'il n'y trouve pas ce qu'il escomptait, il en jette rageusement les morceaux dans une grande caisse qui est déjà pleine de débris de violons démontés.

— Mais Antonia ? demandai-je vivement.

— Voilà un sujet, répondit le professeur, qui me ferait détester le conseiller si je n'étais pas convaincu, en raison de son caractère qui est bon et, même, tendre, qu'il y a un mystère là-dessous.

Voilà quelques années, quand le conseiller vint habiter H..., il vécut d'abord en ermite avec une vieille gouvernante dans une maison sombre de la rue de ... Bientôt, ses excentricités excitèrent la curiosité de ses voisins. Dès qu'il s'en aperçut, il chercha à se faire des connaissances et y parvint. Comme ce fut le cas chez moi, on s'habitua partout à lui au point qu'il devint presque indispensable. Malgré sa rudesse apparente, les enfants eux-mêmes finirent par l'aimer sans jamais lui peser cependant. En dépit de leur sympathie, en effet, ils conservèrent pour lui une espèce de crainte respectueuse qui les empêcha de se montrer importuns. Vous avez pu voir aujourd'hui comment il sait gagner leur amitié. Tout le monde le prenait pour un vieux garçon, et lui ne s'avisait pas de dire le contraire.

Après avoir séjourné ici quelque temps, il partit subitement, personne ne sut où, et revint plusieurs mois après. Le lendemain soir de son retour, on vit les fenêtres de sa demeure éclairées d'une façon inhabituelle. Cela attira l'attention des voisins et, bientôt la voix merveilleusement belle d'une femme qu'accompagnait un piano se fit entendre. On distingua ensuite le son d'un violon qui rivalisa de vigueur et de virtuosité avec la voix. On reconnut aussitôt que c'était lui qui jouait. Moi-même, je me mêlai à la foule nombreuse que cet admirable concert avait attirée devant la maison. Je dois vous avouer qu'auprès de la magie pénétrante de cette voix, le chant des cantatrices les plus renommées que j'aie entendues semblait fade et inexpressif. Je n'avais jamais imaginé que puissent exister ces sons tenus aussi longuement, ces roulades empruntées au rossignol, ces gammes ascendantes et descendantes, cette voix, enfin, tantôt vibrant avec l'énergie et la sonorité de l'orgue, tantôt se réduisant à un souffle à peine perceptible.

Tout le monde était sous le charme, en proie au plus doux des enchantements, et le silence ne fut troublé que par des soupirs lorsque la voix se tut. Il pouvait être déjà minuit quand on entendit le conseiller parler avec une violence extrême. Une autre voix d'homme paraissait, à en juger par ses inflexions, lui faire des reproches. Par intervalles, une jeune fille mêlait ses plaintes à leurs paroles. Le conseiller cria de plus en plus fort jusqu'à ce que, tout d'un coup, il reprenne ce ton traînant et chantant que vous connaissez. Un cri perçant de la jeune fille l'interrompit. Un silence de mort se fit, puis on entendit un pas descendre l'escalier à grand bruit. Un jeune homme sortit en sanglotant de la maison. Il se jeta dans une chaise de poste qui attendait à quelque distance et qui partit rapidement.

Le lendemain, le conseiller parut content et personne n'eut le courage de l'interroger sur les événements de la nuit passée. Cependant, quand on questionna sa gouvernante, elle révéla que son maître avait amené avec lui une charmante jeune fille qu'il appelait Antonia, et que c'était elle qui avait si bien chanté. Un jeune homme était venu avec eux. Il montrait beaucoup de tendresse pour Antonia et devait, sûrement, être son fiancé. Il avait dû repartir immédiatement, toutefois, sur ordre absolu de Krespel.

Depuis lors, les rapports d'Antonia avec le conseiller sont demeurés un mystère mais, à l'évidence, la pauvre enfant est odieusement tyrannisée. Il la surveille comme le docteur Bartholo sa pupille dans *Le Barbier de Séville*[2] et c'est à peine si elle ose se montrer à la fenêtre. Si quelquefois, parce qu'elle l'en supplie, il la conduit en société, il garde posés sur elle des yeux d'Argus[3]. Il n'admet absolument pas qu'on fasse entendre la moindre note de musique en sa présence et encore moins qu'Antonia chante, ce qu'il lui interdit également chez lui. Aussi le chant d'Antonia à ce concert nocturne est-il devenu, pour les habitants de la ville, un souvenir légendaire qui suscite encore

2. Pièce de Beaumarchais (1775).

3. Argus (ou Argos) est un géant de la mythologique gréco-latine. On le surnommait Panoptès, celui-qui-voit-tout, car il était pourvu de cent yeux dont cinquante veillaient pendant que les cinquante autres dormaient. Il était donc impossible de tromper sa vigilance.

un enthousiasme sans pareil. Ainsi n'est-il pas rare que même ceux qui ne l'ont pas entendu disent, quand une cantatrice vient se faire entendre chez nous : « Qu'est-ce que ces glapissements ordinaires ? Seule Antonia sait vraiment chanter ! »

Vous savez, mes amis, continua Théodore, combien je suis friand de toutes ces histoires fantastiques. Vous pouvez donc imaginer s'il me parut important de faire la connaissance d'Antonia. J'avais déjà souvent recueilli par moi-même ce genre de propos sur le chant de cette jeune fille. Mais je n'imaginais pas que la légendaire Antonia habitait cette même ville où elle était la prisonnière de ce fou de Krespel comme entre les mains d'un magicien tyrannique. Naturellement, la nuit suivante, j'entendis en rêve le chant d'Antonia qui me suppliait de la manière la plus touchante de venir à son secours, et cela dans un magnifique adagio que, par une illusion ridicule, je m'imaginai avoir composé moi-même. Je résolus donc, tel un nouvel Astolphe[4], de pénétrer dans la maison de Krespel, comme dans le palais enchanté d'Alcina, afin de délivrer la reine du chant de son odieuse captivité.

Tout se passa autrement que je l'avais imaginé. J'avais à peine vu le conseiller deux ou trois fois, et causé avec lui de la meilleure façon de faire des violons, qu'il m'invita spontanément à lui rendre visite. Je n'y

4. Astolphe et Alcina sont deux des très nombreux personnages de *Roland Furieux* (*Orlando Furioso*), le poème de l'Arioste (1474-1533).

manquai pas, et il me fit voir sa riche collection d'instruments. Il y en avait bien trente, accrochés au mur d'un bureau. L'un d'entre eux se distinguait par tous les caractères de la plus haute ancienneté (manche à tête de lion sculptée, etc.) ; il était suspendu plus haut que les autres et la couronne de fleurs dont il était surmonté semblait le désigner comme le roi des autres.

— Ce violon, dit Krespel, après que je l'eus interrogé à ce sujet, est l'œuvre rare et merveilleuse d'un maître inconnu, probablement contemporain de Tartini[5]. Je suis persuadé qu'il y a dans sa structure intérieure quelque chose de particulier, et qu'en le démontant, je découvrirais la clef du problème dont je cherche depuis longtemps la solution. Seulement… Moquez-vous de moi si vous voulez mais cet objet inanimé qui a besoin que je lui communique la vie et le son s'adresse souvent à moi de façon mystérieuse. Lorsque je l'ai joué pour la première fois, j'ai eu l'impression d'être à la place du magnétiseur qui amène la somnambule à révéler ce que lui-même ressent. Ne me croyez pas assez niais pour m'arrêter à de semblables bêtises mais le fait est, ce qui demeure étrange, que je n'ai jamais eu le cœur de démonter cette sotte machine inerte. Je me félicite désormais d'y avoir renoncé car, depuis qu'Antonia est avec moi, je lui joue, de temps en temps, quelque chose sur cet

5. Giuseppe Tartini : violoniste et compositeur italien (1692-1770). Il a composé au moins cent trente concertos pour violon et cent cinquante sonates pour le même instrument.

instrument… Antonia l'entend avec plaisir… Un vif plaisir !

Le conseiller prononça ces mots avec une émotion visible. Cela m'encouragea à lui demander :

— Ô mon cher monsieur le conseiller, ne voudriez-vous pas en jouer en ma présence ?

Krespel prit un air aigre-doux et dit sur ce ton traînant et chantant qui lui était habituel :

— Non ! mon très cher monsieur l'étudiant.

Ainsi la question était-elle réglée. Il insista pour me montrer encore toutes sortes de raretés, puériles pour la plupart. Enfin, après avoir cherché dans une petite boîte, il en tira un papier plié qu'il me mit dans la main en disant avec beaucoup de solennité :

— Vous êtes un ami de l'art. Acceptez ce don qui vous restera comme un souvenir bien cher, à jamais précieux par-dessus tout.

Sur ces mots, il me poussa par les épaules vers la porte et, au moment où je passai le seuil, m'embrassa. Dans les faits, c'était une manière symbolique de me mettre dehors de chez lui.

En dépliant le papier, je découvris un petit morceau de quinte d'un huitième de pouce de longueur à peu près. Le papier portait cette étiquette :

Morceau de la quinte selon laquelle feu Stamitz[6] *avait monté son violon lorsqu'il joua son dernier concerto.*

---

6. Compositeur et violoniste virtuose tchèque (1717-1757).

Le congé peu poli que j'avais reçu semblait me confirmer dans l'idée que je ne verrais peut-être jamais Antonia. Mais il n'en fut pas ainsi car, à ma deuxième visite, je la trouvai au salon, aidant à l'assemblage des pièces d'un violon. Au premier abord, l'extérieur de la jeune fille ne causait pas une forte impression, mais insensiblement il devenait impossible de détourner le regard de ses yeux bleus, de ses lèvres de rose, de sa silhouette gracieuse et délicate. Elle était très pâle mais si on disait quelque chose de piquant et de spirituel, elle souriait et une vive rougeur se répandait sur ses joues avant de s'atténuer très vite.

Je discutai avec Antonia en toute liberté sans remarquer chez Krespel ces regards d'Argus que lui avait attribués le professeur. Au contraire, il demeura constamment dans son état habituel, paraissant même satisfait de nous voir converser ensemble. Mes visites chez le conseiller devinrent plus fréquentes, et l'habitude de nous voir communiqua aux rencontres de notre petit trio un charme délicieux qui nous procurait un très vif plaisir.

Le conseiller avec ses singularités me réjouissait toujours autant mais, en réalité, c'était la société d'Antonia qui m'attirait de façon irrésistible. Elle me faisait supporter bien des choses auxquelles, sinon, impatient comme je l'étais à l'époque, j'aurais eu hâte de me soustraire. En effet, dans l'originalité et la bizarrerie du conseiller se mêlaient trop souvent des éléments fâcheux et dérangeants. En fait, une chose me contrariait surtout : chaque fois que j'amenais la conversation sur la musique et, plus particulièrement, sur le chant, il m'interrompait avec son sourire du diable et, retrouvant sa façon de parler insupportable, mettait sur le tapis des banalités qui n'avaient rien à voir avec ce sujet. À la tristesse qui se lisait alors dans les yeux d'Antonia, je devinais que tout cela avait pour seul but de me dissuader de l'inviter à chanter. Je ne me décourageais donc pas : les obstacles que m'opposait le conseiller accrurent mon courage et ma résolution de les surmonter. Je devais entendre Antonia chanter, pour ne pas me perdre en chimères et en vaines rêveries à ce sujet.

Un soir, Krespel était d'excellente humeur. En démontant un vieux violon de Crémone, il avait découvert que l'âme en était inclinée d'une demi-ligne de plus qu'à l'ordinaire. C'était une découverte importante, qui enrichissait considérablement ses connaissances techniques. Je réussis à l'enflammer au sujet de la vraie manière de jouer du violon. L'idée que le jeu des fameux maîtres d'autrefois s'inspirait des authentiques virtuoses du chant, ainsi que le dit Krespel, amena cette remarque qu'aujourd'hui, à l'inverse, le chant se calquait sur les roulades prétentieuses des instrumentistes.

— Quoi de plus absurde, m'écriai-je en sautant de ma chaise au piano et en l'ouvrant vivement, quoi de plus absurde que ces procédés contournés qui, loin d'être de la musique, ressemblent au bruit que font des pois secs rebondissant par terre ?

Là-dessus, en les accompagnant de méchants accords de piano, je chantai quelques-uns de ces airs modernes qui vont par bonds et par éclats, et ronflent à l'oreille comme une toupie.

Krespel rit aux éclats et s'écria :

— Ha ! ha ! il me semble entendre nos Italiens germanisés ou nos Allemands italianisés chantant un air de Pucitta[7] ou de Portogallo[8], ou de quelque autre *maestro di capella*[9], ou plutôt *schiavo d'un primo uomo*[10].

Voici le moment ! pensai-je.

— N'est-ce pas, dis-je en me tournant vers elle, qu'Antonia ignore tout de cette manière déplorable de chanter ?

Et en même temps, j'entonnai un air admirable et passionné du vieux Leornardo Leo[11]. Les joues d'Antonia rougirent soudainement, ses yeux se ranimèrent, étincelant d'un céleste éclat. Elle s'élança vers le piano, ouvrit les lèvres... Au même instant, Krespel la poussa en arrière, et, me saisissant aux épaules, cria d'une voix aiguë :

— Mon petit ! ... Mon petit ! ... Mon petit !

---

7. Vincenzo Pucitta (1778-1861) : compositeur italien, auteur de très nombreux opéras un peu oubliés de nos jours.

8. Marcos Antonio da Fonseca Portugal, en italien Marco Portogallo (1762-1830) est un compositeur et organiste portugais ; il a écrit une vingtaine d'opéras eux aussi oubliés.

9. « Maître de chapelle », c'est-à-dire chef d'orchestre.

10. « Esclave d'un premier homme », c'est-à-dire soumis aux ordres et aux caprices d'un chanteur vedette.

11. Compositeur italien (1694-1744) un peu oublié aujourd'hui même si on joue encore ses concertos pour violoncelle ou son *Miserere*.

Puis, tout en me prenant la main et en s'inclinant devant moi avec toute l'apparence de la courtoisie, il ajouta sur son ton sourd et chantant :

— Sans nul doute, digne et respectable monsieur l'étudiant, cela serait-il contraire à toutes les convenances et à tous les bons usages, si j'exprimais à voix haute le souhait que le grand Satan vous torde tout doucement le cou entre ses griffes ardentes et que, du même coup, il vous règle le reliquat de votre compte. Toutefois, vous l'admettrez, mon cher, il se fait sombre et comme la lanterne n'est pas allumée aujourd'hui, vos chers petits os courraient le risque d'être brisés quand bien même je ne vous jetterais pas dans l'escalier. Rentrez donc gentiment chez vous et gardez un bon souvenir de votre véritable ami, s'il arrivait que – me comprenez-vous bien ? – que vous ne le trouviez plus jamais chez lui à l'avenir.

À ces mots, il me prit dans ses bras et me poussa à reculons jusqu'à la porte qu'il me fit passer. De cette façon, je ne pus jeter sur Antonia un seul regard d'adieu.

Vous admettrez, mes amis, que dans ma position, il ne m'était pas possible de rosser le conseiller comme j'aurais dû proprement le faire.

Le professeur M*** rit beaucoup de moi et m'assura que, cette fois, j'avais gâché mes relations avec le conseiller pour toujours. Quant à faire l'amoureux transi et à jouer l'aventurier sous les fenêtres d'Antonia, elle m'était trop chère pour cela – je dirais presque trop sacrée.

Je quittai H… le cœur déchiré mais, comme il arrive presque toujours, les vives couleurs de l'histoire fantastique que j'avais imaginée pâlirent peu à peu. L'image d'Antonia et, même, le chant d'Antonia, ce chant que je n'avais jamais entendu, demeurèrent cependant dans les replis les plus profonds de mon âme tels une lueur de rose consolatrice et délicieuse.

2

Deux ans plus tard, j'étais établi à B..., lorsque j'entrepris un voyage dans le sud de l'Allemagne.

Ce soir-là, les tours de H... s'élevaient dans les vapeurs crépusculaires du soir. À mesure que j'approchais, un sentiment inexprimable et pénible d'angoisse s'empara de moi ; j'avais un poids sur la poitrine, je ne pouvais plus respirer. Il me fallut descendre de la voiture pour prendre l'air. Mais cette oppression s'augmenta jusqu'à produire une souffrance physique. Il me sembla entendre un chant retentir dans les airs. Bientôt, les sons devinrent plus distincts, et je distinguai des voix d'hommes qui chantaient un long cantique.

— Qu'est-ce que cela ? m'écriai-je tandis que je ressentais à la poitrine comme la brûlure d'un coup de poignard.

— Ne le voyez-vous pas ? répondit le cocher qui était à mes côtés. Là-bas, dans le cimetière, quelqu'un qu'on enterre.

De fait, nous nous étions arrêtés à proximité du cimetière que nous dominions. Je vis un cercle de gens vêtus de noir autour d'une fosse qu'on était en train de combler. Les larmes jaillirent de mes yeux, il me semblait qu'on enterrait là-bas toute la joie et tout le bonheur de ma vie.

Nous descendîmes vivement la colline, ce qui me fit perdre de vue le cimetière. Les chants s'étaient tus. En arrivant près de la porte de la ville, je tombai sur des personnes en deuil qui revenaient de l'enterrement. Le professeur et sa nièce, tous deux en grand deuil, passèrent près de moi sans me remarquer. La jeune fille tenait son mouchoir sur son visage inondé de pleurs.

Je ne pus me résoudre à pénétrer dans la ville. J'envoyai mon domestique avec la voiture à l'auberge habituelle et j'allai me promener dans cette campagne que je connaissais bien. Je voulais me libérer de cette impression de tristesse qui pouvait avoir des causes purement physiques, comme la fatigue du voyage.

Dans une avenue conduisant à des pavillons d'agrément, le spectacle le plus singulier s'offrit à ma vue. Le conseiller Krespel était accompagné par deux hommes en noir, auxquels il paraissait vouloir échapper en faisant des sauts étonnants. Il portait, comme à son habitude, l'habit gris de coupe étrange qu'il avait taillé de ses propres mains. Seulement, à son tricorne enfoncé martialement sur l'oreille, pendait un très long crêpe de deuil qui flottait aux quatre vents. Il avait fixé autour de la taille un ceinturon noir mais, au lieu d'une épée, il y avait passé un long archet de violon.

Un frisson glacé me parcourut tout entier. « Il est fou ! » pensai-je tout en suivant à pas lents. Les hommes le reconduisirent jusqu'à sa maison. Là, il les embrassa en riant aux éclats. Ils s'éloignèrent et alors son regard tomba sur moi qui me tenais à proximité. Il me regarda fixement puis, au bout d'un long moment, s'écria d'une voix sourde :

— Soyez le bienvenu, monsieur l'étudiant ! Vous comprenez les choses, vous !

Sur quoi il me prit par le bras, me fit entrer dans la maison, monta l'escalier et m'introduisit dans la pièce où ses violons étaient suspendus. Tous étaient recouverts d'un crêpe noir. Le violon de l'ancien maître luthier avait disparu. À sa place était accrochée une couronne de cyprès. Je compris ce qui était arrivé.

— Antonia ! m'écriai-je dans un affreux désespoir.

Le conseiller se tenait comme pétrifié près de moi, les bras croisés. Je montrai la couronne du doigt.

— Lorsqu'elle est morte, dit le conseiller d'une voix étouffée et solennelle, l'âme de ce violon s'est brisée avec un craquement horrible et la table d'harmonie est tombée en morceaux. Le fidèle instrument ne pouvait vivre qu'avec elle, en elle ! Il repose à son côté dans la tombe car il a été enterré avec elle.

Profondément ému, je me laissai tomber sur un siège pendant que le conseiller, d'une voix rauque, entonnait une chanson des plus gaies. Ce fut vraiment un affreux spectacle de le voir, toujours chantant, sautiller d'un pied sur l'autre tout autour de la pièce tandis que le crêpe de son chapeau, qu'il n'avait pas ôté, voletait de-ci de-là en frôlant les violons pendus au mur. Je ne pus retenir un cri perçant, lorsque ce crêpe, du fait d'une pirouette du conseiller, vint passer au-dessus de ma tête. Il me sembla qu'il allait m'envelopper tout entier et m'entraîner dans les terribles et sombres abîmes de la folie.

Le conseiller s'arrêta net, et de sa voix chantante :

— Mon petit ! dit-il, mon petit ! Pourquoi cries-tu ainsi ? Aurais-tu vu l'ange de la mort ! Cela précède toujours la cérémonie !

Il s'avança au milieu de la pièce, saisit l'archet pendu à son ceinturon, le tint à deux mains au-dessus de sa tête et le cassa si énergiquement qu'il le réduisit en plusieurs morceaux.

Krespel se mit à rire très fort et s'écria :

— À présent, la baguette fatidique[12] a été brisée au-dessus de ma tête, n'est-ce pas mon petit ? Qu'en dis-tu ? Plus rien ! Désormais je suis libre ! Libre ! Libre ! Hourra, libre ! Je ne fabriquerai plus jamais de violons ! Plus de violons ! Vivat ! Plus de violons !

Le conseiller chantait ces mots sur une cadence d'une gaîté infernale en faisant toujours des gambades. Plein d'horreur, je voulus m'enfuir mais il me retint de force en me disant avec le plus grand calme :

12. La coutume antique voulait qu'on brise une baguette au-dessus de l'esclave qu'on affranchissait.

— Restez, monsieur l'étudiant ! Ne prenez pas ces épanchements d'une douleur qui me déchire avec des tortures inouïes pour de la folie. Tout cela n'a pu arriver que parce que je me suis fait, il y a peu de temps, une robe de chambre dans laquelle je voulais ressembler au destin… Ou à Dieu !

Le conseiller continua à proférer des propos extravagants et horribles jusqu'à ce qu'il s'effondre d'épuisement. Sa vieille gouvernante accourut à mes appels, et je me trouvai bien soulagé quand je fus de nouveau hors de la maison, à respirer le grand air.

Je n'en doutai pas un instant, Krespel était devenu fou. Le professeur soutint néanmoins le contraire.

— Il y a des hommes, dit-il, auxquels la nature ou une circonstance particulière a retiré la carapace sous laquelle, nous autres, nous commettons nos folies sans provoquer de scandale. Ils ressemblent à ces insectes dont la peau transparente laisse apparaître le mouvement des muscles, ce qui les fait paraître monstrueux même si, au repos, tout revient en place pour former un ensemble harmonieux. Ce qui demeure du domaine de la pensée chez nous se transforme en action chez Krespel. L'ironie amère qui assiège notre esprit, il la manifeste par ses grimaces et ses folles gambades. C'est là sa sauvegarde : ce qui est d'essence terrestre, il le rend à la terre mais le principe divin, il sait le conserver. Je crois que son intellect profond est tout à fait sain malgré sa folie apparente et ses démonstrations excessives. La mort subite d'Antonia doit assurément l'avoir frappé. Néanmoins, je parie que, dès demain, il reprendra son allure coutumière comme le pas de l'âne qui, en dépit de tout, retrouve toujours son sentier favori.

Tout se passa à peu près comme le professeur l'avait prédit. Le jour suivant, le conseiller se montra tel qu'à son habitude. Seulement, il déclara qu'il ne fabriquerait plus de violons et qu'il n'en jouerait plus aucun. J'ai su depuis qu'il avait tenu parole.

Les commentaires du professeur renforcèrent mon intime conviction que les rapports du conseiller avec Antonia, qu'il avait tenus secrets avec tant de soin, et la mort de cette dernière cachaient un méfait odieux et faisaient peser sur la conscience de Krespel d'incurables remords. Je décidai de ne pas quitter la ville de H… sans lui reprocher le crime que je soupçonnais. Je voulais l'ébranler jusqu'au tréfonds de l'âme et lui arracher l'aveu de son horrible forfait. Plus j'y réfléchissais, plus il me paraissait évident que cet homme devait être un gredin. Et plus véhément, plus pathétique se formulait en moi le discours que je voulais lui tenir, au point qu'il se transforma de lui-même en un vrai chef-d'œuvre d'éloquence.

Ainsi remonté à bloc, et fort excité, je courus chez le conseiller. Je le trouvai occupé à fabriquer des jouets d'enfants avec son tour, le visage calme et riant.

— Comment ! m'écriai-je en l'abordant, comment votre âme peut-elle éprouver un seul moment de paix quand le souvenir de votre épouvantable méfait devrait vous tourmenter comme la morsure d'un serpent !

Le conseiller me considéra d'un air étonné, et mettant son tour de côté, me demanda :

— Que voulez-vous dire, mon cher ? Prenez la peine de vous asseoir sur cette chaise.

Je continuai cependant de parler avec flamme, en m'échauffant toujours davantage ; je l'accusai tout haut d'avoir tué Antonia et le menaçai de la vengeance des puissances célestes. En ma qualité d'homme de loi récemment diplômé, et tout plein que j'étais de ma récente vocation, je l'assurai même que je ne renoncerais à aucun moyen pour tirer l'affaire au clair et la faire juger par les autorités humaines.

Je fus un peu déconcerté, à vrai dire, quand, après m'avoir laissé mener mon discours virulent et pompeux à son terme, le conseiller se contenta de me regarder tranquillement, sans dire un mot, comme s'il attendait que je continue de parler. Ce fut ce que j'essayai de faire mais ce qui sortait de ma bouche était si incohérent et, même, si ridicule, que je ne tardai pas à me taire. Krespel prit plaisir à mon embarras et un petit sourire malicieux et ironique passa sur ses lèvres. Très vite, cependant, il redevint très grave et dit d'un ton solennel :

— Jeune homme, tu me regardes comme un fou, un dément. Je te pardonne car nous sommes tous deux les hôtes de la même maison d'aliénés. Et tu ne me reproches de me croire Dieu le père que parce que tu te crois, toi-même, Dieu le fils. Mais comment oses-tu vouloir pénétrer dans une vie et rêver d'en saisir la trame la plus secrète alors qu'elle t'est étrangère et doit le rester… Seulement, elle n'est plus, le secret n'a plus lieu d'être !

Krespel se tut. Il se leva et se mit à faire les cent pas dans la pièce, en silence. Je lui demandai comme une grâce de me donner des éclaircissements. Il me regarda intensément, me prit par la main et me mena à la fenêtre qu'il ouvrit en grand. Les deux coudes posés sur l'appui, le corps penché à l'extérieur et les yeux fixés vers le jardin, il me raconta l'histoire de sa vie.

Lorsqu'il eut fini, je le quittai ému et plein de remords.

3

Voici, en peu de mots, l'histoire d'Antonia.

Vingt ans avant les événements que je viens de raconter, le désir, devenu une vraie passion, de se procurer les meilleurs violons des vieux maîtres mena le conseiller en Italie. À cette époque, il n'en fabriquait pas encore lui-même, ni ne s'occupait de les démonter.

À Venise, il entendit la célèbre cantatrice Angela*** qui brillait alors du plus vif éclat dans les premiers rôles au *Teatro San Benedetto*[13]. L'enthousiasme qu'elle inspira à Krespel ne fut pas seulement dû à l'art vocal que la *signora* Angela pratiquait, il est vrai, à la perfection mais aussi à sa beauté ravissante. Le conseiller fit la connaissance d'Angela, et, malgré sa rudesse,

13. Aux XVIIe et XVIIIe siècles, Venise a compté jusqu'à onze théâtres. Celui-ci, inauguré en 1755, brûla en 1773 et fut remplacé par *La Fenice* (l'actuel opéra de Venise), en 1792.

parvint à captiver ses faveurs, surtout grâce à son jeu hardi et éminemment expressif au violon. Au bout de quelques semaines, cette liaison eut pour résultat un mariage qui demeura secret parce qu'Angela ne voulait renoncer ni au théâtre ni au nom sous lequel elle était célèbre, ni, non plus, y ajouter celui, peu mélodieux à son goût, de Krespel.

Avec l'ironie la plus débridée, le conseiller me décrivit de quelle façon inouïe la *signora* Angela le tourmenta dès qu'elle fut devenue sa femme. Au dire de Krespel, toute l'obstination, tous les caprices de toutes les divas réunies s'étaient concentrés dans cette petite personne. Lui arrivait-il de vouloir prendre un peu de recul ? Angela envoyait à ses trousses une armée entière d'abbés, de petits maîtres et d'académiciens qui, ignorant tout de sa véritable condition, l'accusaient d'être le plus odieux, le plus grossier des amoureux et lui reprochaient de ne pas savoir se plier aux petits caprices de la *signora*.

Après une de ces scènes houleuses, Krespel avait trouvé refuge dans la maison de campagne d'Angela où il oubliait les désagréments de la journée en improvisant sur son violon de Crémone. La *signora*, qui l'avait suivi à la hâte, ne tarda pas à entrer dans le salon. Elle était justement d'humeur tendre. L'air doux et langoureux, elle vint prendre le conseiller dans ses bras et posa sa petite tête sur son épaule. Mais ce dernier, transporté d'extase musicale, continua à jouer à en faire trembler les murailles et il advint que, du bras et de l'archet, il toucha un peu rudement la *signora*. Elle recula, pleine de fureur.

— *Bestia tedesca*[14] *!* s'écria-t-elle.

Arrachant le violon des mains du conseiller, elle le brisa en mille morceaux sur le marbre de la table. Le conseiller resta un moment face à elle, pareil à une statue, pétrifié. Se réveillant soudain comme s'il sortait d'un rêve, il empoigna la *signora* avec la force d'un géant, la jeta par la fenêtre et se sauva sans s'inquiéter du reste. Il regagna Venise et, de là, l'Allemagne.

Ce fut seulement après quelque temps qu'il comprit ce qu'il avait fait. Il avait beau savoir que la fenêtre était à peine à cinq pieds au-dessus du sol et se dire qu'il était impossible d'agir autrement étant donné les circonstances, il se sentait pourtant poursuivi d'une pénible inquiétude, d'autant plus que la *signora* lui avait donné à entendre qu'elle avait l'espérance d'être mère. Il osait à peine prendre des informations. Sa surprise fut extrême lorsque, environ huit mois après, il reçut de sa chère moitié une lettre des plus tendres, dans laquelle, sans faire la moindre allusion à ce qu'il s'était passé dans la maison de campagne, elle lui annonçait la naissance d'une charmante petite fille. Elle suppliait aussi le mari aimé et l'heureux père de bien vouloir revenir au plus tôt à Venise.

Krespel n'en fit rien mais il s'informa auprès d'un ami intime des détails de l'aventure. Il apprit ainsi que la *signora* était tombée mollement sur l'herbe,

14. Bête allemande ou brute d'Allemand !

aussi légère qu'un oiseau, et que sa chute, ou plutôt son envol par la fenêtre n'avait pas eu d'autres suites que purement psychologiques. En vérité, après l'acte d'héroïsme de Krespel, la *signora* était apparue métamorphosée. Il n'y avait plus la moindre trace chez elle des caprices, des humeurs et des colères d'antan. Le musicien qui composait l'œuvre qu'on devait donner pour le prochain carnaval était l'homme le plus heureux du monde vu que la *signora* était prête à chanter ses airs sans les dix mille corrections qu'elle lui aurait imposées antérieurement. Du reste, ajoutait l'ami, on avait de bonnes raisons pour tenir bien caché le secret du remède appliqué à Angela, sinon il ne se passerait pas de jour sans qu'on fasse voler quelques cantatrices par les fenêtres.

Le conseiller fut vivement ému. Il fit atteler ses chevaux et monta en voiture.

— Halte ! s'écria-t-il tout à coup. Comment savoir, murmura-t-il pour lui-même, si aussitôt que j'aurai renoué avec Angela, l'esprit malin ne reprendra pas son influence et son pouvoir sur elle ? Si tel est le cas, que me restera-t-il à faire ? Je l'ai déjà jetée par la fenêtre... Quel parti devrai-je prendre ?

Il redescendit de voiture, écrivit une lettre fort chaleureuse à son épouse où il la remercia particulièrement du sentiment de tendresse qui l'avait amenée à lui signaler que la petite fille avait, comme lui-même, une petite marque derrière l'oreille. Et il resta en Allemagne. Leur correspondance se poursuivit très activement. Déclarations d'amour, invites, plaintes sur l'absence de l'être aimé, regrets à propos des souhaits non exaucés et des vains espoirs, etc., volaient en se croisant de Venise à H... et de H... à Venise.

Enfin Angela vint en Allemagne, et se distingua, ainsi qu'on sait, comme *prima donna*[15] au grand théâtre de F... Bien qu'elle ne fût plus toute jeune, elle enchanta tout le monde par le charme irrésistible de son chant. La voix n'avait rien perdu de sa qualité.

Entretemps, Antonia avait grandi. Sa mère ne cessait d'écrire au conseiller qu'elle était en train de devenir une cantatrice de premier ordre. Cette affirmation fut confirmée à Krespel par ses amis de F... qui l'engagèrent à venir dans cette ville pour admirer ce phénomène rare : la rencontre de deux sublimes cantatrices. Ils ignoraient quelles relations proches existaient entre le conseiller et les deux femmes.

Krespel aurait voulu de tout cœur voir cette fille qui était chère à ses pensées et dont l'image lui était apparue plus d'une fois en songe. Seulement, dès qu'il songeait à sa femme, il se sentait mal à l'aise et, finalement, il resta chez lui, au milieu de ses violons démontés.

Vous devez avoir entendu parler du jeune compositeur B***, de F..., qui fut si prometteur et qui disparut d'un coup sans qu'on sache pourquoi. (Peut-être, même, l'avez-vous connu.) Eh bien ! ce jeune homme tomba éperdument amoureux d'Antonia. Il demanda

15. Littéralement première dame, c'est-à-dire, à l'opéra, premier rôle féminin.

à la mère de cette dernière, au cas où cet amour serait réciproque, d'approuver une union qui serait à la gloire et au profit de l'art. Angela donna son accord et, pour le conseiller, il consentit d'autant plus volontiers que les compositions du jeune maître avaient trouvé grâce à ses yeux. Il s'attendait donc à recevoir la nouvelle de la conclusion du mariage quand lui parvint, à la place, une lettre cachetée de noir dont l'adresse avait été écrite par une main étrangère.

Le docteur R*** annonçait au conseiller qu'Angela était tombée gravement malade à la suite d'un refroidissement qu'elle avait pris sur scène ; elle avait succombé la veille du jour fixé pour les noces. Il ajoutait qu'Angela lui avait confié que Krespel était son mari et le père d'Antonia ; il l'invitait donc à se hâter de venir recueillir la pauvre jeune fille.

Le conseiller fut vivement ému par la mort d'Angela. En même temps, il lui sembla que sa vie était délivrée d'une source de trouble et de contrariétés et qu'il recommençait à respirer à l'aise. Il partit le jour même pour F...

Vous ne sauriez imaginer de quelle façon bouleversante le conseiller me décrivit sa première entrevue avec Antonia. De la bizarrerie même de ses expressions résultait un dramatisme et une puissance d'évocation dont je suis incapable de vous donner ne serait-ce qu'une idée.

Toute l'amabilité, toute la grâce d'Angela, Antonia les avait reçues en partage mais sans l'ombre d'un seul de ses défauts. Nulle part chez elle ne se décelait l'intervention du diable. Le jeune fiancé se trouvait présent. Par une inspiration délicate, Antonia, qui comprenait son père jusque dans ses sentiments les plus intimes, se lança dans un motet du vieux *padre* Martini[16] ; elle savait qu'il demandait sans cesse à Angela de le chanter pour lui dans les beaux jours de leurs amours.

Krespel répandit des torrents de larmes ; il n'avait jamais entendu chanter ainsi, pas même Angela. Le timbre de la voix d'Antonia était très particulier et unique. Il ressemblait tantôt au murmure de la harpe éolienne, tantôt au chant sonore du rossignol. Il semblait que tous ces sons manquaient de place dans une poitrine humaine pour se développer pleinement. Antonia, rayonnante de joie et d'amour, chanta et rechanta tous ses plus beaux airs. B*** jouait pendant les pauses comme l'enthousiasme enivré de félicité en rend seul capable.

Krespel nagea d'abord dans l'extase puis il se montra préoccupé, silencieux, songeur. Enfin, il se leva et, pressant Antonia contre son cœur, la conjura à voix basse :

— Ne chante plus jamais, si tu m'aimes ! Cela me fend le cœur. J'ai peur… Si peur… Oh ! ne chante plus !

---

16. Giovanni Battista *Martini* nommé aussi padre *Martini* (1706-1784) : compositeur, instrumentiste, théoricien musical, il fut aussi philosophe, théologien… et l'ami de Mozart.

Dès le lendemain, le conseiller s'entretint avec le docteur R***.

— Si, pendant qu'elle chantait, toute la couleur de ses joues s'est concentrée en deux taches d'un rouge vif, ce n'était pas dû à une banale ressemblance de famille, dit-il. Certes non ! C'était bel et bien ce que je redoutais.

Le docteur, dont la mine manifestait la plus vive inquiétude depuis le début de l'entretien, répliqua :

— Soit qu'il provienne d'efforts trop précoces pour chanter, soit que la nature en soit la cause, Antonia est affectée d'un défaut organique dans la poitrine. C'est justement lui qui donne à sa voix cette puissance prodigieuse et cette sonorité extraordinaire qui la font, pour ainsi dire, s'affranchir des limites imposées au chant humain. Mais une mort prématurée risque d'en être la conséquence : si elle continue de chanter, je lui donne encore six mois à vivre, tout au plus.

Le conseiller sentit des centaines d'épées le déchirer. Il lui sembla qu'un bel arbre était venu, pour la première fois, embellir sa vie de sa floraison magnifique mais qu'il allait être scié à la racine pour ne plus reverdir ni refleurir jamais. Sa décision, pourtant, fut vite prise. Il révéla tout à Antonia et la plaça devant cette alternative : s'unir à son fiancé et céder à ses séductions et à celles du monde, cela pour mourir bientôt, ou alors vivre encore de longues années, en assurant aux vieux jours de son père un bonheur qu'il n'avait pas connu jusqu'alors.

Antonia se jeta en sanglotant dans les bras de son père. Prévoyant l'amertume des moments qui suivraient, ce dernier ne demanda pas d'autre explication. Il parla au fiancé qui jura qu'il ne permettrait jamais que la moindre note musicale sorte de la bouche d'Antonia. En dépit de ce serment, le conseiller savait bien que B*** ne pourrait pas résister à la tentation d'entendre Antonia chanter au moins un air de sa composition. Et le reste du monde d'ailleurs, le public musical, même s'il avait connaissance du sort funeste qui menaçait Antonia, ne renoncerait pas si facilement à l'entendre. Pour ce qui touche à son plaisir, c'est une espèce égoïste et cruelle.

Le conseiller disparut de F… avec Antonia pour venir à H… Le jeune B*** apprit leur départ avec désespoir. Il se lança sur leurs traces, les rejoignit et arriva à H… à la même heure qu'eux.

— Le voir, une seule fois puis mourir ! supplia Antonia.

— Mourir ! Mourir ! s'écria le conseiller dans un grand éclat de colère.

Un frisson glacial le parcourait tout entier. Sa fille ! le seul être au monde qui allumait dans son cœur une joie inconnue et le réconciliait avec la vie, sa fille songeait à s'arracher violemment de son cœur ! Il voulut que cette atrocité ait lieu. B*** dut se mettre au piano, Antonia chanta, Krespel joua gaiement du violon jusqu'à ce que les taches rouges apparaissent sur les joues de la jeune fille. Il ordonna alors de tout arrêter. Seulement, quand B*** prit congé d'Antonia, elle s'effondra subitement en lançant un cri aigu.

— Je crus, me raconta Krespel, qu'elle était morte ainsi que je l'avais prévu. Et comme je m'étais préparé aux plus grands malheurs, je ne perdis pas mon sang-froid ni ma maîtrise de moi. Je pris B*** par les épaules. Dans sa stupeur, il demeurait immobile, l'air idiot. Je lui dis : (le conseiller prit alors son ton de voix chantant) : « Puisque, cher et estimable maître du clavier, vous avez tué votre chère fiancée comme vous en aviez manifesté le désir et la volonté, vous pouvez maintenant partir tranquille. À moins, bien sûr, que vous ne préfériez attendre un peu, le temps que je vous plonge ce couteau de chasse étincelant dans le cœur. Ainsi, ma fille qui, comme vous le voyez, a pâli excessivement, pourra-t-elle retrouver un peu de ses couleurs grâce à votre sang précieux. Sinon, courez vite ! Je ne promets pas de ne pas vous lancer une lame bien affilée ! » Il faut croire, ajouta Krespel qu'en parlant ainsi j'avais la mine un peu effrayante car il s'arracha de mes mains en poussant un cri de frayeur et dévala l'escalier d'un bond.

Après la fuite de B***, le conseiller entreprit de relever Antonia qui était étendue au sol sans connaissance. Avec un profond soupir, elle ouvrit des yeux qui semblaient devoir se refermer tout aussitôt sur la mort. Krespel éclata en lamentations bruyantes et désespérées. Le médecin qu'appela la gouvernante assura qu'Antonia avait subi un accident grave mais que son état n'était pas dangereux. Et, de fait, elle se rétablit, plus promptement, même, que le conseiller aurait osé l'espérer.

Elle s'attacha dès lors à Krespel en lui vouant l'amour filial le plus ardent. Elle partageait ses goûts, ses caprices, ses lubies ; elle l'aidait à démonter de vieux violons et à en assembler de neufs. « Je ne veux plus chanter, disait-elle souvent à son père avec un gracieux sourire lorsque quelqu'un l'avait priée de chanter et qu'elle avait refusé. Je veux vivre tout entière pour toi ! » Néanmoins le conseiller tâchait d'éviter les occasions de ce genre autant que possible, ce qui expliquait sa répugnance à paraître en société avec elle et son souci d'éviter toutes les occasions de faire de la musique. Il comprenait quel douloureux sacrifice Antonia devait s'imposer pour renoncer à un art qu'elle avait porté à un si haut degré de perfection.

Alors que le conseiller, après avoir acheté le merveilleux violon de Crémone qu'il enterra ensuite avec Antonia, se préparait à le démonter, elle le regarda tristement et demanda sur le ton de la supplique :

— Celui-là aussi ?

Le conseiller ne sut pas lui-même quelle puissance inconnue l'incita à laisser l'instrument intact et à vouloir l'essayer. À peine eut-il joué quelques premiers accords qu'Antonia s'exclama, pleine de joie :

— Ah ! mais c'est moi ! Je chante encore.

En effet, les sons qu'il tira du violon, argentins et proches du timbre des cloches, avaient un caractère très particulier et presque miraculeux : ils semblaient émis par une poitrine humaine. Krespel fut attendri au dernier point ; il joua mieux que jamais, et quand, dans certains passages hardis, il monta et descendit avec une expressivité incomparable, Antonia battit des mains et s'écria, ravie :

— Ah ! que j'ai bien fait cela ! Que j'ai bien chanté !

À partir de ce jour, son existence fut empreinte d'un grand calme et d'une profonde sérénité. Elle disait souvent au conseiller :

— Je voudrais bien chanter quelque chose, père !

Krespel, alors, détachait le violon du mur, et jouait les plus beaux airs d'Antonia. Elle s'en trouvait ravie jusqu'au fond du cœur.

Peu de temps avant mon retour à H..., une nuit, il sembla au conseiller qu'on jouait sur son piano dans la pièce voisine. Il distingua bientôt clairement que c'était B*** qui préludait à sa manière habituelle. Il voulut se lever mais sentit un poids énorme qui l'oppressait ; comme s'il était entravé dans des chaînes de fer, il se trouva hors d'état de faire le moindre mouvement. Antonia commença alors à chanter d'une voix d'abord à peine perceptible qui s'enfla de plus en plus jusqu'au fortissimo le plus sonore. Ces sons merveilleux en vinrent ensuite à moduler cet air si saisissant que B*** avait autrefois composé pour elle dans le bon vieux style des anciens maîtres.

Krespel dépeignit l'état où il se trouva alors comme une chose inconcevable : il ressentait à la fois la plus horrible des angoisses et une joie ineffable. Tout à coup, il se vit entouré d'une clarté éblouissante au milieu de laquelle B*** et Antonia se tenaient dans les bras l'un de l'autre et se regardaient avec un mutuel ravissement. Les accords de l'air et l'accompagnement du piano continuaient à résonner sans qu'on voie Antonia chanter ni B*** toucher le clavier. Le conseiller sombra alors dans une sorte d'engourdissement, et tout s'effaça devant lui, le concert et l'apparition.

À son réveil, l'impression terrible que ce rêve funeste avait produite sur lui le troublait encore. Il se précipita dans la chambre d'Antonia. Elle était allongée sur le sofa, les yeux fermés, les mains pieusement croisées, comme si elle dormait en rêvant aux joies inépuisables du Ciel.

Mais elle était morte.

milieu de laquelle B*** et Antonia se tenaient dans les bras l'un de l'autre et se regardaient avec un mutuel ravissement. Les accords de l'air et l'accompagnement du piano continuaient à résonner sans qu'on vît Antonia chanter ni B*** toucher le clavier. Le conseiller tomba alors dans une sorte d'évanouissement, et tout s'effaça devant lui, le concert et l'apparition.

A son réveil, l'impression terrible que ce rêve funeste avait produite sur lui le poursuivait encore. Il se précipita dans la chambre d'Antonia. Elle était allongée sur le sofa, les yeux fermés, les mains pieusement croisées, comme si elle dormait en rêvant aux joies inépuisables du Ciel.

Mais elle était morte.

La vision

Il y a quelque temps, raconta Cyprien, j'ai séjourné dans la propriété du colonel de P***.

Ce dernier était un homme jovial, heureux de caractère et sa femme, la douceur et la spontanéité même. Le fils se trouvait à l'armée, aussi, à part les deux époux, n'y avait-il au château que leurs deux filles et une vieille Française qui s'efforçait de tenir le rôle de gouvernante même si les demoiselles avaient, semblait-il, passé l'âge des gouvernantes.

L'aînée était un petit être agité, vif jusqu'à l'exubérance et non dépourvu d'esprit. Seulement, de même qu'elle ne pouvait pas faire cinq pas sans les entrecouper de trois entrechats, elle sautait pareillement d'un sujet à l'autre quand elle parlait, et passait incessamment d'une activité à une autre. Dans l'espace de dix minutes, je l'ai vue broder, lire, dessiner, chanter, danser, pleurer soudainement son pauvre cousin mort à la guerre, et, les yeux encore pleins de larmes amères, éclater convulsivement de rire en voyant la vieille Française faire tomber sa tabatière sur un petit chien, qui se mettait à éternuer tandis que la vieille se lamentait : « *Ah ! che fatalità ! Ah carino ! poverino* ![17] » (Elle avait l'habitude de ne s'adresser à lui qu'en italien au motif qu'il était né à Padoue.)

Cependant, cette demoiselle était la plus aimable des blondes et, jusque dans ses étranges caprices, elle demeurait pleine de grâce et d'amabilité, de sorte qu'elle exerçait un charme irrésistible sans même le vouloir.

Sa jeune sœur, qui s'appelait Adelgonde, offrait avec elle le contraste le plus étonnant. Les mots manquent pour dépeindre précisément l'impression très surprenante que cette jeune fille fit sur moi quand je la vis pour la première fois. Imaginez la plus jolie silhouette, le visage le plus ravissant mais des joues et des lèvres d'une pâleur de mort. Elle marchait à petits pas comptés, le regard fixe, et quand un mot à peine distinct franchissait ses lèvres entrouvertes pour se perdre dans le silence du grand salon, on se sentait parcouru d'un grand frisson glacé.

Je ne tardai cependant pas à surmonter cette première impression déplaisante. Ayant amené cette jeune fille peu expansive à causer avec moi, je dus reconnaître que l'effet fantomatique qu'elle produisait tenait

17. Ah ! quel coup du sort ! mon chéri ! pauvre petit !

seulement à son allure : son caractère et ses sentiments n'y avaient aucune part. Dans le peu de mots qu'elle prononçait se révélaient un jugement délicat, du bon sens et de la gentillesse. On n'y décelait pas trace d'exaltation mentale, et pourtant le sourire douloureux, le regard mouillé de larmes indiquaient un état maladif qui, forcément, influait sur la santé morale de cette fragile jeune personne.

Ce qui me frappa particulièrement, ce fut que tout le monde dans la famille, y compris la vieille Française, semblait s'inquiéter qu'on parle avec elle. Aussi s'efforçaient-ils tous d'interrompre nos conversations en s'y mêlant, le plus souvent de façon incongrue. Plus étonnant encore à mes yeux, chaque soir, dès que huit heures avaient sonné, la vieille Française d'abord, puis la mère, la sœur et le père pressaient tour à tour Mlle Adelgonde de se retirer dans sa chambre comme on le fait avec les enfants qu'on envoie au lit de bonne heure pour qu'ils puissent dormir autant que nécessaire. La Française l'accompagnait de sorte que ni l'une ni l'autre n'assistaient jamais au dîner qu'on servait à neuf heures.

La colonelle ne manqua pas de remarquer mon étonnement qui se renouvelait chaque jour. Pour prévenir mes questions, elle me fit savoir au détour d'une conversation qu'Adelgonde était malade ; en particulier, elle était sujette à des accès de fièvre périodiques qui la frappaient surtout le soir, vers les neuf heures.

— Le médecin a recommandé de la laisser profiter du calme le plus total à ce moment-là, ajouta-t-elle.

Je me doutai bien qu'il existait une tout autre cause à cette curieuse précaution mais sans pouvoir l'imaginer plus précisément. C'est aujourd'hui seulement que j'ai appris le triste événement qui a semé le trouble et la désolation au sein de cette petite famille jadis heureuse.

Adelgonde était l'enfant la mieux portante et la plus joyeuse qu'on ait pu voir. Pour fêter son quatorzième anniversaire, on invita ses amies en grand nombre. Assises en rond sous les beaux arbres du parc à rire et à plaisanter, toutes ces jeunes personnes ne prirent pas garde à la nuit qui devenait de plus en plus noire. Le vent tiède du soir soufflait agréablement, en effet, et, en juillet, cette heure est la plus agréable pour s'amuser. Dans l'enchantement du crépuscule, elles se mirent à improviser toutes sortes de danses bizarres, cherchant à personnifier les esprits agiles de la forêt et les feux follets.

— Écoutez, dit Adelgonde alors que le sous-bois était devenu tout à fait sombre, je vais apparaître à présent comme la Dame Blanche dont le vieux jardinier nous parlait si souvent autrefois. Pour cela, il vous faut venir jusqu'au bout du jardin avec moi. Allons là-bas, près des vieilles murailles en ruine !

En même temps, elle s'enveloppa dans son châle blanc et s'élança prestement d'un pas léger dans l'allée sombre du parc. Ses amies coururent à sa suite en riant et en folâtrant.

Mais à peine Adelgonde fut-elle arrivée près des ruines que, paralysée par une terreur subite, elle demeura sur place, immobile et glacée. Neuf heures sonnaient à l'horloge du château.

— Ne voyez-vous pas ? demanda Adelgonde d'une voix sourde et pleine d'horreur. Ne voyez-vous pas ? Cette forme… là, tout près… Elle tend la main vers moi !

Aucune de ses compagnes ne voyait la moindre chose mais, saisies d'épouvante et d'angoisse, elles se sauvèrent toutes en courant. Seule la plus courageuse s'élança vers Adelgonde et tenta de l'entraîner en la prenant dans ses bras. Mais, à ce moment-là, Adelgonde tomba par terre comme morte.

Les cris perçants de la jeune amie firent accourir tous ceux qui se trouvaient au château. On emporta Adelgonde. Quand elle revint enfin de son évanouissement, elle raconta en tremblant d'effroi qu'en arrivant à proximité de la voûte presque effondrée qui se dressait là, elle avait vu devant elle un fantôme flotter dans les airs. Il se confondait presque avec la brume qui l'entourait et avait tendu la main vers elle.

On attribua cette apparition à des causes naturelles en la mettant sur le compte des illusions que provoque la lumière incertaine du crépuscule. Du reste, le lendemain matin, Adelgonde s'était si bien remise de son accès de frayeur qu'on ne redouta pas de suite néfaste et qu'on pensa qu'il n'en serait plus jamais question.

Il en advint, hélas ! bien autrement.

Dans la soirée du lendemain, alors qu'elle était assise au milieu d'une nombreuse compagnie, à peine neuf heures sonnèrent-elles qu'Adelgonde se leva brusquement en proie à une terreur visible.

— La voilà ! s'écria-t-elle. Ne la voyez-vous pas, là, tout près de moi ?

À partir de cette funeste soirée, elle vit le fantôme surgir devant elle chaque soir à neuf heures précises. Selon ses dires, cette vision durait quelques secondes. À part elle, toutefois, personne n'apercevait quoi que ce soit, ni même n'éprouvait une sensation qu'on aurait pu attribuer à la présence d'un principe immatériel inconnu.

Dès lors, on considéra que l'infortunée Adelgonde était folle, et sa famille eut honte de l'étrange comportement de la jeune fille. De là, les façons bizarres de la traiter que j'ai mentionnées plus haut.

Il ne manqua pas de docteurs ni de remèdes qu'on crut capables de guérir la jeune fille de sa monomanie, ainsi qu'on se plut à baptiser sa croyance à cette apparition. Tout ce qui fut mis en œuvre échoua, néanmoins, et, au final, la malheureuse enfant supplia en pleurant qu'on la laisse tranquille. Le fantôme, dont la forme demeurait vague et confuse, n'avait, au fond, rien de bien redoutable, assura-t-elle. Elle s'y était habituée et il ne lui causait presque plus de frayeur. Seulement, après chaque apparition, elle sentait pour ainsi dire son âme et son esprit se séparer d'elle pour flotter dans l'espace comme s'ils étaient libérés de tout lien terrestre. C'était cela qui la faisait souffrir et la laissait sans forces.

Peu après, le colonel rencontra un médecin célèbre qui avait la réputation de guérir les maniaques par des moyens très ingénieux. Lorsqu'il l'informa de la situation de la malheureuse Adelgonde, le docteur éclata de rire avant de déclarer que rien ne serait plus facile à faire disparaître que cette aberration d'esprit. Selon lui, en effet, elle n'avait pas d'autre cause que l'exaltation d'un cerveau trop imaginatif.

— Dans l'idée de votre fille, expliqua-t-il, l'illusion de voir apparaître le fantôme est très intimement liée au bruit de l'horloge sonnant neuf heures. En fait, elle est devenue incapable de séparer mentalement ces deux sensations. Il s'agira donc, par conséquent, d'opérer cette rupture par un moyen matériel.

Toujours selon lui, rien n'était plus simple à réaliser : il suffirait de tromper la jeune fille sur l'heure qu'il était vraiment et de laisser passer neuf heures sans qu'elle le sache. Quand l'apparition ne se produirait pas, elle admettrait d'elle-même sa folie. Après quoi, un régime physique fortifiant achèverait de la guérir.

Ce conseil fut mis en œuvre sans tarder.

Une nuit, on recula d'une heure toutes les pendules, toutes les horloges du château, et même celle du village dont le tintement sourd pouvait s'entendre au loin. Ainsi, depuis l'instant de son réveil, Adelgonde fut-elle en retard d'une heure dans son appréciation du temps.

Le soir arriva. Selon son habitude, la petite famille s'était rassemblée dans un petit salon confortable et pimpant. Aucun étranger n'était présent. La mère racontait toutes sortes d'histoires amusantes, et le colonel, suivant son habitude, surtout lorsqu'il était d'humeur joyeuse, taquinait la vieille Française, aidé en cela par Augusta, l'aînée des deux demoiselles. On riait. Tout le monde semblait plus gai que jamais…

Huit heures sonnèrent à la pendule – il en était donc neuf. Aussitôt Adelgonde se renversa dans son fauteuil, pâle comme un cadavre ; son ouvrage lui échappa des mains. Elle se leva, le visage contracté par l'angoisse et la terreur, fixa son regard sur l'espace vide de la pièce et murmura d'une voix sourde et douloureuse :

— Quoi ! une heure plus tôt ! Le voyez-vous, juste là, devant moi ? Tout près !

Chacun se mit debout, frappé de crainte, mais personne ne put rien apercevoir. Le colonel s'écria :

— Adelgonde ! remets-toi, ce n'est rien ! C'est une méprise de ton cerveau ! Ton imagination te trompe ! Nous ne voyons rien du tout or s'il y avait une forme près de toi, nous l'apercevrions comme toi, n'est-ce pas ? Allons, rassure-toi, chère Adelgonde !

— Ô mon Dieu ! soupira Adelgonde, on veut donc me rendre folle ? Mais regardez : le voici qui étend son bras blanc vers moi de toute sa longueur. Il me fait signe !

Comme sans le vouloir, le regard toujours fixé droit devant elle, Adelgonde prit sur la table derrière elle une petite assiette qui était posée là. Elle la tendit en l'air devant elle et la lâcha. Paraissant portée par une main invisible, l'assiette fit lentement le tour des personnes présentes avant de venir se poser à nouveau, tout doucement, sur la table.

La colonelle et Augusta tombèrent profondément évanouies ; une fièvre nerveuse aiguë se déclara ensuite chez elle. Le colonel parvint à se ressaisir au prix d'un effort énergique. Toutefois, à son air défait, on vit bien quelle impression profonde et pernicieuse lui avait causée ce phénomène inexplicable.

Prosternée à genoux, la vieille Française demeura le visage contre terre à marmotter des prières. L'événement n'eut cependant aucune conséquence regrettable pour elle, pas plus qu'il n'en eut pour Adelgonde. La colonelle, en revanche, mourut peu de temps après. Augusta, elle, survécut à sa maladie mais la mort aurait sans doute été plus douce que l'état qui, depuis, est le sien.

Cette aimable enfant, dont je vous ai tracé le portrait un peu plus tôt et qui était la joie de vivre et la grâce de la jeunesse personnifiées, se trouve atteinte de la folie la plus horrible et la plus pénible, à mon avis, de toutes celles que peut provoquer une idée fixe. Elle s'imagine, en effet, qu'elle est le fantôme invisible et immatériel qui hantait sa sœur naguère. Par conséquent, elle fuit toute compagnie ou, du moins, elle prend garde de ne pas parler et de ne pas bouger aussitôt que quelqu'un se trouve près d'elle. C'est à peine si elle ose respirer. En fait, elle croit dur comme fer que si elle trahissait sa présence d'une manière ou de l'autre, celui qui s'en apercevrait mourrait de peur sur-le-champ. On lui apporte ses repas dans sa chambre ; on lui ouvre les portes et elle entre et sort furtivement, avec mille précautions. Elle mange en se cachant, et agit de même, à la dérobée, pour tout le reste. Peut-on imaginer une situation plus désolante ?

Accablé de chagrin et de désespoir, le colonel a suivi les drapeaux pour effectuer une nouvelle campagne militaire. Il est mort récemment à la bataille victorieuse de W…

La chose vraiment étrange et remarquable, c'est que, depuis cette soirée fatale, Adelgonde est délivrée de son fantôme. Aidée de la vieille Française, elle soigne sa sœur malade avec beaucoup d'assiduité.

Sylvester m'a appris aujourd'hui que l'oncle des pauvres enfants est ici pour consulter notre excellent docteur N*** à propos d'un traitement qu'on pourrait tenter sur Augusta. Fasse le Ciel que cette guérison si peu probable se produise !

L'homme au sable

1

Lettre de Nathanael à Lothaire

Sans doute êtes-vous tous inquiets de ne pas avoir reçu de mes nouvelles depuis si longtemps. Mère doit être fâchée et Clara croit sans doute que je mène ici une vie de bâton de chaise et que j'ai oublié la charmante figure d'ange dont mon cœur et ma pensée gardent scrupuleusement l'image. Il n'en est rien. Tous les jours et à toute heure je pense à vous tous, et au cours de suaves rêveries, l'aimable figure de ma chère Clara se présente à moi, en souriant et en me regardant avec douceur, comme elle avait coutume de le faire chaque fois que j'arrivais chez vous. Mais comment aurais-je pu vous écrire dans les dispositions d'esprit déplorables qui ont semé la confusion dans mes idées ? Quelque chose de terrible est venu empoisonner ma vie ! Les pressentiments confus d'un destin affreux me hantent et m'enveloppent comme des nuages noirs imperméables aux bienfaisants rayons du soleil.

Il faut que je te confie enfin ce qu'il m'est arrivé. Il le faut, maintenant. Mais rien que d'y penser, un rire de dément m'échappe. Ah ! mon cher Lothaire, comment vais-je pouvoir te faire comprendre que ce qu'il m'est arrivé voici peu a pu causer de tels dégâts dans ma vie ? Si tu étais ici, tu t'en rendrais compte par toi-même tandis que tu vas sûrement me prendre pour un visionnaire délirant. Peu importe. Cet événement épouvantable dont j'essaie vainement d'atténuer l'impression mortelle qu'il a laissée, le voici : il y a quelques jours – c'était le 20 octobre à l'heure de midi – un marchand de baromètres est entré chez moi pour me proposer ses instruments. Je n'ai rien acheté, le menaçant au contraire de le jeter dans l'escalier. Il est alors parti de son plein gré.

Tu le devines bien, seules certaines circonstances très particulières et essentielles dans ma vie peuvent expliquer pourquoi cette rencontre et la personne de cet odieux colporteur ont pu avoir une influence aussi maléfique sur moi. Je vais me concentrer autant que possible pour te raconter, avec calme et patience, certains détails de mon jeune âge que ton imagination ne manquera pas de transformer en tableaux vivants et colorés. Avant même de commencer, il me semble déjà t'entendre rire à cette lecture et Clara s'exclamer : « Ce sont vraiment des enfantillages ! »

Riez, je vous prie ! Riez à juste titre et de bon cœur. Mais, Dieu du ciel ! mes cheveux se dressent sur ma tête. Je le crois bien, cette idée de vous inviter à vous moquer de moi résulte d'un désespoir insensé, comme les prières que *Franz Moor*[18] adresse à *Daniel*... Mais venons-en plutôt au fait.

Quand nous étions enfants, ma sœur et moi voyions fort rarement mon père durant la journée hormis à l'heure du déjeuner. Il était probablement fort occupé par ses affaires. Mais après le repas du soir, qui, suivant les vieux usages, était servi à sept heures, nous allions avec ma mère dans son cabinet de travail pour nous asseoir tous autour d'une table ronde. Mon père fumait du tabac et buvait un grand verre de bière pour l'accompagner. Souvent il nous racontait nombre d'histoires merveilleuses, avec tant de passion que sa pipe s'éteignait toujours. Alors, j'étais chargé de la rallumer à l'aide d'un bout de papier enflammé, ce qui me causait un très vif plaisir. Souvent aussi, il nous mettait des livres d'images entre les mains et restait assis dans son fauteuil sans bouger ni parler, en soufflant un nuage de fumée qui nous enveloppait tous à la façon d'un brouillard épais. Ces soirs-là, notre mère paraissait très triste et à peine neuf heures sonnaient-elles à la pendule qu'elle disait :

— Allons, les enfants, au lit ! L'homme au sable arrive. Je l'entends qui vient.

---

18. Franz Moor et Daniel sont deux personnages des *Brigands* (1781-1782), la pièce de théâtre de Friedrich Schiller (1759-1805) considérée comme une œuvre phare et fondatrice du Romantisme.

Et de fait, je percevais alors dans l'escalier un bruit de pas lourds et traînants qui montaient : ce devait être l'homme au sable.

Une fois, ce piétinement sourd et étrange m'effraya plus que d'habitude ; je demandai à ma mère pendant qu'elle nous emmenait :

— Dis, maman, qui est donc ce méchant homme au sable qui nous éloigne toujours de chez papa ? À quoi ressemble-t-il ?

— Il n'y a pas d'homme au sable, mon cher petit, répondit ma mère. Quand je dis : « L'homme au sable arrive ! », cela signifie juste que vous avez sommeil et que vous ne pouvez pas garder les yeux ouverts, comme si on y avait jeté du sable dedans.

La réponse de ma mère ne me satisfit pas. Dans mon esprit d'enfant s'ancra la certitude qu'elle niait l'existence de l'homme au sable seulement pour nous empêcher d'avoir peur de lui. En effet, je l'entendais régulièrement monter l'escalier.

Plein de curiosité, j'interrogeai finalement la vieille femme qui s'occupait de ma petite sœur afin d'en apprendre plus long sur cet homme et les rapports qu'il entretenait avec nous, les enfants.

— Quel genre d'homme est-ce que l'homme au sable ?

— Thanel, mon chou, répondit-elle, l'ignores-tu encore ? C'est un méchant homme qui vient trouver les enfants quand ils ne veulent pas aller au lit. Il leur lance de grosses poignées de sable dans les yeux, ce qui les fait sortir tout sanglants de leur tête. Après quoi, il les met dans un sac et les emporte sur le croissant de la lune pour les donner à manger à ses petits dans leur nid. Ses petits ressemblent à des hiboux avec des becs crochus pour manger les yeux des petits enfants qui ne sont pas sages.

A partir de ce moment-là, je me figurai le cruel homme au sable sous cet aspect épouvantable. Le soir, quand j'entendais le bruit qu'il faisait en montant l'escalier, je me mettais à trembler de peur et d'angoisse. « L'homme au sable ! l'homme au sable ! » Voilà tout ce que ma mère pouvait tirer de moi, ce cri que je balbutiais au milieu de mes sanglots. Sur quoi, je courais me réfugier dans ma chambre à coucher et, toute la nuit, j'étais tourmenté par la terrible image de l'homme au sable.

J'étais déjà assez grand pour comprendre que l'histoire de l'homme au sable, avec son nid d'enfants dans la lune, telle que la vieille femme l'avait racontée pouvait ne pas être tout à fait vraie. Pourtant il demeura pour moi un épouvantable fantôme, et j'étais en proie à l'effroi et à l'horreur quand je l'entendais, non seulement monter l'escalier, mais aussi ouvrir brutalement la porte du bureau de mon père et la refermer.

Il lui arrivait de rester assez longtemps sans se montrer puis il venait un jour après l'autre. Cela dura plusieurs années sans que jamais je parvienne à m'habituer à cet odieux fantôme : l'image terrible de l'homme au sable restait vivace dans mon esprit. Ses relations avec mon père envahirent de plus en plus mon imagination. Une crainte insurmontable m'empêchait d'interroger mon père à leur sujet, mais éclaircir le mystère moi-même, voir ce mystérieux homme au sable, cette envie me taraudait, de plus en plus vive à mesure que les années passaient.

L'homme au sable m'avait entraîné sur les chemins du merveilleux et de l'excentrique qui prospèrent si facilement dans l'esprit des enfants. Rien ne me plaisait plus que d'entendre ou de lire des histoires effroyables de lutins, de magie, de nains, etc. Pourtant lui les surpassait tous ; je le dessinais sans cesse avec de la craie ou du charbon sur les tables, les armoires et les murs, en lui donnant les apparences les plus curieuses et les plus horribles.

Lorsque j'eus dix ans, ma mère me délogea de la chambre des enfants pour m'installer dans une petite pièce qui donnait sur le corridor, pas très loin du cabinet de travail paternel. Nous devions toujours nous retirer sans délai, quand, au moment où sonnaient neuf heures, l'inconnu se faisait entendre. Depuis ma petite chambre je savais quand il entrait chez mon père, et il me semblait que, peu après, une vapeur subtile et d'une odeur singulière se répandait dans toute la maison.

En même temps que la curiosité, je sentais grandir en moi le courage de faire la connaissance de l'homme au sable, d'une manière ou de l'autre. Souvent il m'arrivait, dès que ma mère s'était éloignée, de sortir prestement de ma chambre dans le corridor. Cependant je ne pus jamais rien découvrir car, chaque fois, il avait passé la porte du bureau quand j'atteignais l'endroit d'où j'aurais pu le voir. Finalement, sous l'effet d'une impulsion irrésistible, je décidai de me cacher dans le cabinet de mon père et d'y attendre la venue de l'homme au sable.

Au silence de mon père et à la morosité de ma mère, je devinai un soir qu'il viendrait. J'avançai donc une grande fatigue comme prétexte pour quitter le cabinet paternel un peu avant neuf heures et je me cachai dans un recoin près de la porte. Peu après, celle de la maison craqua, on marcha dans le couloir d'un pas pesant, lent et sonore qui se dirigeait vers l'escalier. Ma mère passa rapidement devant moi avec ma petite sœur. Doucement, doucement, j'ouvris la porte du cabinet de mon père. Selon son habitude, il était assis, silencieux et immobile, le dos tourné à la porte. Il ne me remarqua pas. Je ne fus pas long à entrer et à me cacher dans un placard où mon père suspendait ses vêtements. Il jouxtait la porte et était fermé par un simple rideau.

Les pas pesants se firent plus proches, encore plus proches. Dehors on toussait, on traînait les pieds, on grognait bizarrement. Mon cœur battait fort de crainte et d'impatience. Très près, tout près, les pas derrière la porte ! Un coup de sonnette brutal ! La porte s'ouvre brusquement ! Je rassemble mon courage pour entrouvrir le rideau avec mille précautions. L'homme au sable est debout devant mon père, au milieu du bureau, la lueur des flambeaux l'éclaire de face. L'homme au sable, le si terrible homme au sable c'est… le vieil avocat Coppelius, qui déjeune parfois chez nous !

Mais personne, pas même l'apparition la plus abominable, n'aurait pu me causer une horreur plus profonde que ce Coppelius. Figure-toi un homme grand et large d'épaules, avec une énorme tête difforme, un visage d'un jaune terreux, des sourcils gris en broussaille sous lesquels étincellent deux yeux verdâtres et perçants de chat, avec un long gros nez recourbé sur la lèvre supérieure. Sa bouche se tord souvent en un rire infernal, alors apparaît sur ses joues une tache rouge foncé tandis qu'un étrange sifflement se fraie un chemin entre ses dents serrées.

Coppelius portait constamment un habit gris cendré d'une coupe démodée, veste et pantalon assortis, ainsi que des bas noirs et de petites boucles en pierreries sur les souliers. Une petite perruque lui couvrait à grand-peine le sommet de la tête, avec des rouleaux sur les côtés qui n'atteignaient pas ses grandes oreilles rouges et une large touffe de cheveux cousus qui se détachait de la nuque, découvrant la boucle en argent qui retenait sa cravate chiffonnée.

Tout le personnage, pour résumer, était affreux et repoussant. Mais ce qui, nous autres enfants, nous dégoûtait le plus chez lui c'étaient ses gros poings noueux et velus, en sorte que nous ne voulions plus de ce que ses mains avaient touché. Il ne tarda pas à le remarquer et prit un malin plaisir, chaque fois que notre mère déposait discrètement sur notre assiette un morceau de gâteau ou un fruit confit, à y porter la main sous un prétexte quelconque. Alors, les larmes aux yeux, nous rejetions avec dégoût et horreur ces friandises qui auraient tant dû nous faire plaisir. Les jours de fête, quand notre père nous versait un petit verre de vin sucré, il agissait de même. Il passait vivement le poing au-dessus du verre ou, même, le portait à ses lèvres bleuâtres. Puis, l'air vraiment diabolique, il riait de notre répugnance muette et des sanglots que nous étouffions malgré notre chagrin. De plus, il ne nous appelait jamais autrement que « les petites bêtes ». Enfin, on nous interdisait de donner le moindre signe de vie quand il était présent. Aussi maudissions-nous cet homme laid et méchant qui s'ingéniait à empoisonner les moindres de nos petites joies.

Apparemment, notre mère détestait l'odieux Coppelius autant que nous car, dès qu'il paraissait, sa gaîté, ses façons joviales et simples faisaient place à une humeur grave et sombre. Notre père se conduisait à son égard comme s'il avait affaire à un être supérieur dont on devait supporter toutes les impolitesses et qu'il fallait garder de bonne humeur à tout prix. Aussi l'avocat n'avait-il qu'à faire un signe pour qu'on lui prépare ses plats favoris et qu'on lui serve les meilleurs vins.

En voyant ce Coppelius, l'effrayante, l'horrible pensée me vint à l'esprit que l'homme au sable et lui ne faisaient qu'un. Mais je cessai de le prendre pour le personnage du conte de la nourrice qui arrache les yeux des enfants pour nourrir ses petits dans leur nid sur la lune. Je vis en lui un méchant esprit de ténèbres qui, partout où il paraissait, apportait le malheur, la misère et la détresse dans cette vie et pour l'éternité !

J'étais complètement envoûté. Redoutant d'être découvert et, alors, comme je le pensais bien, sévèrement puni, je me tenais immobile, la tête aux aguets derrière une fente du rideau. Mon père reçut Coppelius avec solennité.

— Allons, au travail ! s'exclama ce dernier d'une voix sourde et rauque tout en ôtant sa veste.

L'air soucieux et sans rien dire d'autre, mon père ôta sa robe de chambre. Tous deux revêtirent de longues blouses noires. Je pus voir d'où ils les avaient tirées. Mon père avait ouvert la porte d'un placard occupant un creux du mur. Je constatai que ce que je prenais pour une banale penderie était en réalité un renfoncement sombre dans lequel se trouvait un petit fourneau.

Coppelius s'en approcha et, bientôt, une flamme bleue s'éleva en pétillant au-dessus du foyer. Toutes sortes d'instruments bizarres étaient posés autour. Mon Dieu !... lorsque mon vieux père se pencha sur ce fourneau, son visage montrait une expression inhabituelle. Il semblait qu'une douleur horrible et convulsive contractait ses traits doux et honnêtes pour lui donner un air diabolique, repoussant et hideux. Il ressemblait à Coppelius ! Ce dernier brandit des tenailles aux extrémités rougeoyantes pour tirer de l'épaisse fumée des morceaux brillants qu'il martela ensuite avec vigueur. Ils m'apparurent comme des visages humains mais dépourvus d'yeux : à leur place se trouvaient d'affreuses cavités, noires et profondes.

— Des yeux ici, des yeux ! s'écria Coppelius d'une voix à la fois sourde et impérieuse.

En proie à une indicible horreur, je poussai un cri aigu et je tombai hors de ma cachette, sur le plancher. Coppelius me saisit.

— Petite bête, petite bête ! s'écria-t-il en grinçant des dents.

Il me souleva et me pencha au-dessus du fourneau de telle façon que la flamme commença à lécher mes cheveux.

— À présent nous en avons des yeux ! Une belle paire d'yeux d'enfant !

Tout en grommelant de la sorte, Coppelius se mit à tirer de la flamme des éclats de charbon ardents dans l'intention de me les jeter sur les yeux. Mon père alors joignit les mains et supplia :

— Maître ! maître ! laisse ses yeux à mon Nathanael. Laisse-les-lui !

Coppelius éclata d'un rire sonore avant de s'exclamer :

— Soit ! Que le môme garde ses yeux pour pleurer son triste sort dans ce bas monde ! Mais au moins nous allons en profiter pour observer de près le mécanisme des mains et des pieds.

Sur ces mots, il m'empoigna rudement et, faisant craquer mes articulations, il me déboîta les pieds et les mains en les tournant tantôt d'un côté, tantôt d'un autre.

— Ça ne va pas du tout ! murmura Coppelius de sa voix sifflante. Ce n'est pas aussi bien qu'avant. Le vieux avait tout compris !

Puis tout devint flou et sombre autour de moi ; une convulsion subite agita mes nerfs et jusqu'à mes os ; je ne sentis plus rien… Une haleine douce et chaude glissa sur mon visage : j'émergeai d'une léthargie ; ma mère se penchait sur moi.

— L'homme au sable est encore là ? bafouillai-je.

— Non, cher enfant ! il est parti depuis bien longtemps, et il ne te fera aucun mal ! répondit ma mère tout en embrassant et en cajolant son bien-aimé revenu à la vie.

Mais pourquoi te lasser, mon cher Lothaire, avec un long récit de ces détails, quand il reste tant de choses à te dire ? Bref ! j'avais été découvert pendant que j'espionnais et Coppelius m'avait traité avec brutalité. La terreur et l'angoisse m'avaient donné une violente fièvre qui me tint malade plusieurs semaines durant. « L'homme au sable est encore là ? » Ce furent les premières paroles raisonnables que je prononçai, et le signe que j'allais mieux et que je guérirais.

Il me reste juste à te raconter l'événement le plus affreux de mon jeune âge. Tu seras ensuite convaincu que si tout me semble avoir perdu ses couleurs désormais, ce n'est pas dû à un aveuglement de ma part mais à une fatalité mystérieuse qui a étendu un voile de nuages sombres sur ma vie. Qui sait si je pourrai leur échapper autrement qu'en mourant ?

Coppelius ne se manifesta plus ; on raconta qu'il avait quitté la ville.

Un an à peu près avait passé lorsqu'un soir, suivant notre ancienne et immuable coutume, nous étions assis en cercle autour de la table ronde. Mon père était joyeux et nous racontait de façon amusante des voyages qu'il avait faits quand il était jeune. Soudain, alors que neuf heures sonnaient, nous entendîmes la porte de la maison grincer sur ses gonds puis des pas lents et lourds comme le fer retentirent dans le vestibule et dans l'escalier.

— C'est Coppelius ! dit ma mère qui devint blême.

— Oui..., c'est Coppelius, reprit mon père d'une voix sourde et cassée.

Des larmes jaillirent des yeux de ma mère.

— Mais, s'écria-t-elle, faut-il donc qu'il en soit ainsi ?

— C'est la dernière fois qu'il vient ici, je te le promets, répondit mon père. Va ! File avec les enfants. Allez vite au lit ! Bonne nuit !

Il me sembla que d'énormes pierres glacées posées sur ma poitrine m'oppressaient et me coupaient la respiration. En voyant que je demeurais immobile, ma mère me saisit par le bras :

— Viens, Nathanael, viens donc !

Je la laissai m'emmener et j'allai dans la chambre.

— Reste tranquille, me dit ma mère en s'éloignant. Mets-toi au lit et dors ! Dors !

Seulement, tourmenté que j'étais par la peur et en proie à une anxiété indéfinissable, je ne parvins pas à fermer l'œil. L'odieux, l'ignoble Coppelius se tenait devant moi, les yeux étincelants, et souriait d'un air narquois. Je fis des efforts épuisants pour me libérer de cette vision mais en vain.

Il pouvait être à peu près minuit, lorsque retentit un bruit terrible comparable à la détonation d'une arme à feu. Toute la maison en résonna. Quelqu'un passa à la hâte devant ma chambre puis la porte extérieure claqua.

— C'est Coppelius ! m'écriai-je plein d'horreur.

Je sautai de mon lit. J'entendis des cris déchirants et des lamentations. Je courus dans le bureau de mon père dont la porte était ouverte. Une épaisse fumée manqua me suffoquer quand j'entrais. La servante criait : « Ah, mon maître ! mon maître !... » Devant le foyer qui fumait, mon père était étendu sur le plancher. Mort. Les traits de son visage noirci et brûlé étaient horriblement déformés. Mes sœurs se tenaient près de lui ; elles criaient et se lamentaient. Ma mère était évanouie à côté d'elles.

— Coppelius ! Infâme démon ! Tu as tué mon père ! m'écriai-je avant de perdre conscience.

Le surlendemain, quand on coucha mon père au cercueil, son visage avait retrouvé l'aspect doux et bon qu'il avait de son vivant. Il me vint la pensée consolante que, peut-être, son association avec ce diable de Coppelius ne lui avait pas valu la damnation éternelle.

La détonation avait réveillé les voisins. L'événement devint public. Quand elles en furent informées, les autorités voulurent faire comparaître Coppelius en tant que responsable mais il avait disparu de la ville sans laisser de traces.

Quand tu sauras, mon bon Lothaire, que le marchand de baromètres était précisément cet infâme Coppelius, tu ne me reprocheras sûrement pas d'interpréter cette regrettable rencontre comme un présage à de grands malheurs. Il portait d'autres vêtements mais son allure et les moindres traits de son visage sont trop profondément gravés dans mon esprit pour que je puisse le confondre avec un autre. En plus, il n'a pas même changé de nom. D'après ce que j'ai appris, il se fait passer pour un artisan piémontais et se fait appeler Giuseppe Coppola.

Je suis décidé à lui faire face et à venger la mort de mon père, en résultera ce qu'il en résultera !

Ne parle pas à ma mère de la réapparition de l'affreux personnage. Salut à ma chère et charmante Clara ; je lui écrirai quand je serai dans des dispositions d'esprit plus paisibles.

Adieu, etc.

2

Lettre de Clara à Nathanael

Il est vrai que tu ne m'as pas écrit depuis longtemps, néanmoins je crois que tu me portes toujours dans ton cœur et tes pensées. Je devais en effet occuper vivement ton esprit au moment d'expédier ta dernière lettre à mon frère Lothaire, puisque tu as inscrit mon adresse à la place de la sienne. J'ai ouvert la lettre pleine de joie et ne me suis aperçue de ton erreur qu'en lisant ces mots : « Ah ! mon cher Lothaire ! » J'aurais dû alors cesser ma lecture et transmettre ta lettre à mon frère. Seulement, quand nous étions enfants, tu m'as très souvent taquinée en disant que j'avais une âme tellement tranquille et un caractère si posé, que, quand la maison menacerait de s'écrouler, je rectifierais un faux pli aux rideaux des fenêtres avant de fuir. Aussi est-ce à peine si j'ose t'assurer que le début de ta lettre m'avait profondément émue ; je respirais avec peine, j'avais des éblouissements. Ah ! mon bien-aimé Nathanael, qu'est-ce qui pouvait influer sur ta vie d'une manière aussi terrible ? Ne plus te revoir, être séparée de toi ! Cette idée m'a déchiré le cœur comme un coup de poignard. J'ai continué à lire.

Ta description de l'horrible Coppelius est effrayante. Jusqu'à ce jour, j'ignorais de quelle façon affreuse et violente était mort ton bon vieux père. Lothaire, à qui j'ai remis la lettre, a cherché à me rassurer, mais il n'y est guère parvenu. Ce fatal marchand de baromètres, Giuseppe Coppola, m'a poursuivie tout le reste de la journée et même, j'en ai presque honte mais il faut bien l'avouer, mon sommeil, d'habitude si égal et si paisible, a été dérangé par quantité de rêves déraisonnables et de visions étranges.

Dès le lendemain, toutefois, les choses me sont apparues sous un dehors plus naturel. Ne te fâche donc pas, mon bien-aimé, si tu apprends de Lothaire qu'en dépit de tes pressentiments sur la funeste influence de Coppelius j'ai retrouvé ma gaîté et ma sérénité habituelles.

À mon avis, je te l'avoue franchement, le surnaturel et l'horreur que tu mentionnes n'ont de réalité que dans ton imagination : les faits n'y tiennent qu'une bien faible part. Le vieux Coppelius était sûrement un être repoussant ; on comprend que sa détestation des enfants vous ait inspiré, vu votre âge, un profond sentiment d'horreur. Du coup, dans ton esprit d'enfant, le terrible homme au sable du conte de la nourrice s'est confondu avec ce Coppelius, et depuis, même si tu ne crois plus à l'homme au sable, ce vieillard est resté à tes yeux une sorte d'esprit malin, diabolique et malfaisant.

Ses mystérieuses activités nocturnes chez ton père n'étaient probablement rien d'autre que des expériences alchimiques, auxquelles ils se livraient en commun. Ta mère ne pouvait qu'en être chagrinée puisqu'elles devaient forcément coûter beaucoup d'argent sans en rapporter. En outre, comme c'est toujours le cas à ce qu'on dit, le cœur de ton père se vouait tout entier à ses travaux spéculatifs aux dépens de son affection pour sa famille. Il est presque certain que sa mort est la conséquence de sa propre imprudence et que Coppelius n'en est pas responsable. Le croiras-tu, j'ai interrogé hier notre voisin l'apothicaire. Je lui ai demandé si des expériences chimiques pouvaient produire une explosion capable de donner la mort ainsi, subitement. « Oui, certainement », m'a-t-il répondu. Et il m'a expliqué avec beaucoup de détails et d'exemples comment cela pouvait arriver. Il a même mêlé à sa démonstration tant de noms savants et bizarres que pas un ne m'est resté à la mémoire.

Tu vas prendre en pitié ta pauvre Clara. Je t'entends déjà dire : « Aucune impression de l'élément mystérieux qui, fréquemment, entoure les hommes de ses rayons invisibles n'atteint cette âme de glace. Elle ne voit du monde que la brillante superficie et se réjouit, comme le font les enfants, de la belle apparence du fruit dont l'enveloppe dorée cache un poison mortel. »

Ah ! mon bien-aimé Nathanael, crois-tu donc que le pressentiment d'une puissance inconnue qui cherche à s'emparer de notre conscience pour nous nuire, ne puisse pas se faire jour aussi dans une âme sereine, tranquille et insouciante ? Mais pardonne-moi si je me hasarde, moi, une fille naïve, à vouloir absolument comprendre cette espèce de combat intérieur. Je risque de ne pas toujours trouver les mots justes et tu te moqueras, non pas de la sottise, peut-être, de ma pensée, mais de ma maladresse à l'exprimer.

Existe-t-il une puissance secrète capable de prendre un ascendant sournois et malfaisant sur notre âme au point de nous entraîner dans une voie désastreuse qui, sinon, nous serait restée inconnue ? Si cette puissance existe, il faut qu'elle s'assimile à nous-même, qu'elle devienne, pour ainsi dire, notre propre personne. C'est ainsi, seulement, que nous pouvons croire en elle et la laisser maîtresse d'accomplir son œuvre mystérieuse. Mais si, doués d'un esprit fort et d'une conscience ferme, nous mesurons la nocivité de son influence, si nous poursuivons la route que nous ont tracée notre nature et nos goûts, alors cette puissance secrète échouera à nous inventer un ennemi façonné à notre propre image.

Selon Lothaire, cette puissance occulte, quand nous avons accepté sa domination, fascine volontiers notre imagination au moyen de figures étrangères que nous rencontrons dans le monde extérieur. Par une espèce d'illusion magique, ces figures nous semblent douées d'un esprit indépendant alors que nous en sommes les véritables animateurs. De la sorte, notre propre image, modifiée certes, mais intimement unie à notre moi réel qu'elle tient sous sa dépendance, tantôt nous plonge au fond des enfers, tantôt nous ravit jusqu'aux cieux.

Tu vois, mon bien-aimé Nathanael, que mon frère et moi avons approfondi la théorie des puissances et des forces occultes, laquelle, depuis que j'en ai formulé, non sans peine, les principes de base, me semble extrêmement ardue. En fait, je ne comprends pas bien le dernier raisonnement de Lothaire. Je ne fais que soupçonner ce qu'il postule. Cependant il me semble, vaguement, que cela doit être tout à fait vrai.

Je t'en supplie, expulse de tes pensées l'ignoble avocat Coppelius et le marchand de baromètres Giuseppe Coppola. Sois persuadé que ces personnes étrangères ne peuvent avoir aucune influence sur toi. C'est seulement parce que tu les croiras fatals qu'ils pourront se révéler tels pour toi. Si chaque ligne de ta lettre ne portait pas l'empreinte d'une exaltation excessive de ton esprit, si ta situation ne me peinait pas jusqu'au fond de l'âme, vraiment, il me serait facile de plaisanter à tes dépens sur l'avocat au sable et sur le colporteur en baromètres !

Essaie plutôt de te distraire ! De la gaîté ! Je me suis proposé de remplir l'office de ton génie protecteur, et si le vilain Coppola s'avisait de te tourmenter dans tes rêves, je compte l'en chasser impitoyablement par un grand éclat de rire. Je n'ai pas peur de lui ni de ses poings velus, et l'avocat Coppelius ne pourrait pas plus me dégoûter d'une friandise que l'homme au sable me fait craindre pour mes yeux.

Pour toujours, mon bien-aimé Nathanael, etc.

3

Lettre de Nathanael à Lothaire

Il ne m'est pas agréable du tout que Clara, à la suite d'une erreur dont ma distraction, il est vrai, est seule responsable, ait ouvert et lu ma dernière missive. Elle m'a adressé une lettre remplie d'une philosophie obscure dans laquelle elle essaie de me démontrer que Coppelius et Coppola n'existent pas en réalité. D'après elle, ce sont des fantômes de mon moi que crée mon imagination et qui s'évanouiraient si je les reconnaissais comme tels. Qui croirait, vraiment, que l'esprit qui brille dans ces grands yeux clairs de jeune fille au sourire doux et suave comme un rêve enfantin, qui croirait que cet esprit puisse argumenter aussi minutieusement et avec tant de sophistication ? Elle se réfère à tes propos. Vous avez donc parlé de moi tous les deux. Et sans doute lui fais-tu une sorte de cours de logique pour lui apprendre à tout bien classer et analyser. Laisse cela !

Du reste, il est clair que le marchand de baromètres, Giuseppe Coppola, n'est pas le vieil avocat Coppelius. Je suis les leçons d'un professeur de physique nouvellement arrivé ici qui se nomme Spallanzani, comme le célèbre naturaliste[19], et qui est italien lui aussi. Il connaît Coppola depuis plusieurs années déjà, et, d'ailleurs, on comprend à son accent que ce dernier est vraiment originaire du Piémont. Coppelius était allemand, même s'il n'était pas forcément un homme honnête, à ce qu'il me semble. Je ne suis pourtant pas rassuré. Continuez de me considérer, tous les deux, comme un sombre rêveur mais je ne peux pas me libérer de l'impression qu'a produite sur moi sa ressemblance avec ce maudit Coppelius. Je suis content qu'il ait quitté la ville ainsi que Spallanzani me l'a appris.

Ce professeur est un drôle de personnage. C'est un petit homme tout rond, avec les os des joues et du visage très forts, le nez mince, les lèvres proéminentes et les yeux petits et perçants. Mais si tu veux t'en faire une meilleure idée que d'après n'importe quelle description, regarde la gravure de *Cagliostro* qu'a faite Chodowiecki[20] dans je ne sais plus quel almanach de Berlin. C'est l'exact portrait de Spallanzani.

---

19. Lazzaro Spalanzani (et non Spallanzani) s'est rendu célèbre par ses travaux sur la reproduction animale. Il a notamment réalisé les premières expériences d'insémination artificielle.

20. Daniel Chodowiecki : dessinateur, graveur et illustrateur polonais qui a fait le portrait des célébrités de son temps.

Dernièrement, en montant son escalier, j'ai remarqué que le rideau d'une porte vitrée, soigneusement fermé d'habitude, laissait passer un peu de jour sur le côté. Je ne sais comment j'eus la curiosité d'y appliquer l'œil. Une femme d'une taille élancée, admirablement faite et vêtue magnifiquement, était assise dans la pièce devant une petite table ; elle y appuyait ses deux bras, les mains croisées. Comme elle faisait face à la porte j'ai pu contempler l'angélique beauté de son visage. Mais elle a semblé ne pas me voir, ou plutôt ses yeux avaient je ne sais quel regard fixe, un peu comme s'ils étaient incapables de voir. Elle m'a fait l'impression de quelqu'un qui aurait dormi les yeux grands ouverts. Je me suis senti tout troublé et me suis glissé en silence dans la salle du cours qui est voisine de cette pièce. J'ai appris depuis que la jeune femme en question est Olympia, la fille de Spallanzani, et qu'il la tient enfermée avec une rigueur qui va jusqu'à l'extravagance, au point qu'absolument personne ne peut l'approcher. Mais peut-être a-t-il un bon motif pour cela : est-ce parce qu'elle est imbécile – ou pour une autre raison... ?

À quoi bon mettre ces bavardages par écrit quand j'aurais pu tout te raconter en détail de vive voix ? Sache, en effet, que dans quinze jours je serai près de vous. J'ai besoin de revoir ma douce et chère figure d'ange, ma Clara ! Alors se dissipera la mauvaise impression que, je dois en convenir, sa lettre étrange a faite sur moi. Impression qui m'empêche de lui écrire encore aujourd'hui.

Mille saluts, etc.

4

On ne peut rien imaginer de plus bizarre ni de plus surprenant que ce qui est arrivé à mon infortuné ami, le jeune étudiant Nathanael dont j'ai entrepris de te raconter les mésaventures, lecteur bienveillant.

As-tu jamais ressenti, ami lecteur, une impression qui, accaparant ton cœur et tes pensées, t'a occupé en entier, à l'exclusion de tout le reste ? Tu as alors palpité et frémi intérieurement ; ton sang enflammé a parcouru tes veines en bouillonnant et coloré tes joues d'un ton plus vif ; tes yeux ont lancé des regards étranges comme si tu voulais saisir dans l'espace des figures invisibles à tous les autres ; au lieu de paroles, des soupirs inarticulés ont franchi tes lèvres.

Aux questions pressantes de tes amis qui s'inquiétaient : « Qu'éprouves-tu donc ? », « Qu'as-tu, mon cher ? », tu as voulu répondre et tenté de dépeindre ce que tu ressentais avec ses couleurs vives, ses ombres et ses clartés. Alors que tu cherchais des mots pour t'exprimer, il t'a semblé que tu allais réussir d'emblée à exprimer dans sa plénitude la magie splendide, horrifique, épouvantable ou joyeuse qui te possédait. Tu as cru parvenir à frapper vivement ton auditoire, comme par une décharge électrique. Cependant les mots, les ressources du langage t'ont tous paru décolorés, glacés et morts. Tu as eu beau chercher, hésiter, bégayer, balbutier, les propos triviaux et banals de tes amis sont tombés sur la flamme qui te consumait comme un vent glacé, et ont fini par l'éteindre tout à fait.

En revanche, si, tel un peintre audacieux, tu avais d'abord fixé en quelques grands traits l'ébauche de ton tableau imaginaire, il te serait devenu facile ensuite de le colorer peu à peu avec les tons les plus vifs. Alors, émus par tant de figures variées et vivantes, tes amis auraient partagé avec toi l'illusion et le charme de ce spectacle créé par ton imagination !

À dire vrai, je dois te l'avouer, lecteur bienveillant, personne ne m'a questionné sur l'histoire du jeune Nathanael. Mais, tu ne l'ignores pas, j'appartiens à cette catégorie singulière des auteurs qui ne peuvent pas être habités par une histoire de la façon que je viens de décrire sans s'imaginer que tous ceux qui les approchent – et même les autres – leur demandent avec insistance : « Qu'est-ce donc, mon cher ? Oh ! racontez-nous cela. »

J'ai donc ressenti une violente démangeaison de te narrer la funeste histoire de Nathanael. J'avais l'âme pleine de ce que sa vie présente d'étrange et de fatal.

C'est précisément à cause de cela, et aussi parce qu'il fallait te préparer, cher lecteur, à entendre du merveilleux – ce qui n'est pas rien ! – que je me suis creusé la tête pour trouver un début remarquable, original et saisissant à cette histoire !

Alors, « Il était une fois... » ? La plus belle entame pour n'importe quel récit, certes, mais un peu fade... « Dans la petite ville de province de S... vivait... » ? Pas trop mal. Au moins c'est informer tout de suite le lecteur du lieu où se déroule l'histoire. Ou bien tout de suite, *medias in res*[21] : « Allez-vous-en au diable ! s'écria l'étudiant Nathanael, la fureur et l'effroi peints dans ses regards farouches, quand le marchand de baromètres Giuseppe Coppola... » En réalité, cela je l'avais déjà écrit quand j'ai cru déceler dans les « regards farouches » de l'étudiant Nathanael quelque chose de burlesque. Or l'histoire n'est en rien du genre divertissant.

Bref, aucune phrase reflétant si peu que ce soit les tonalités éclatantes du tableau que j'imaginais intérieurement ne me venait à l'esprit. J'ai donc pris le parti de ne pas commencer du tout. Accepte, lecteur bienveillant, les trois lettres que mon ami Lothaire a eu la bonté de me communiquer en guise d'esquisse dudit tableau. Je m'efforcerai, dans le cours du récit, de l'animer de touches colorées de plus en plus vives.

21. Ou, plus couramment, *in medias res* c'est-à-dire « au milieu des choses ». Hoffmann fait allusion à une technique qui fait commencer la narration en pleine intrigue.

Peut-être réussirai-je, ainsi qu'un bon peintre de portraits, à rendre un personnage si vivant que tu le trouveras ressemblant sans connaître l'original, et que tu t'imagineras même avoir vu le modèle de tes propres yeux. Qui sait, cher lecteur, si tu n'en arriveras pas à croire que la vie réelle est pleine de merveilleux et de folie, et que seul le poète peut en saisir les secrets comme des reflets obscurs dans un miroir dépoli ?

Afin de compléter tout de suite ce qu'il est nécessaire de savoir pour comprendre cette histoire, il faut ajouter aux lettres précédentes que, peu de temps après la mort du père, la mère de Nathanael avait recueilli Clara et Lothaire dans sa maison ; ils étaient les enfants d'un parent éloigné ; sa mort, récente elle aussi, les avait laissés orphelins.

Très vite, Clara et Nathanael éprouvèrent un vif penchant l'un pour l'autre, ce à quoi personne au monde n'eut rien à objecter. Ils étaient, en conséquence, promis ou fiancés, lorsque Nathanael s'absenta pour continuer ses études à G..., localité où il se trouve en ce moment, pour y suivre les cours du professeur de physique Spallanzani.

Et maintenant, je pourrais continuer mon récit tranquillement mais voici que l'image de Clara surgit devant moi, et d'une manière si frappante que je ne peux pas en détacher les yeux – ce qui arrive chaque fois qu'elle m'adresse un de ses sourires enchanteurs.

À coup sûr, Clara ne pouvait pas passer pour belle. Experts et connaisseurs en la matière s'accordaient à le dire. Cependant, les architectes vantaient les proportions élégantes de sa silhouette, les peintres ne trouvaient rien d'autre à reprocher à ses épaules, à son cou et à sa poitrine qu'un excès de pudeur. Tous, néanmoins, s'extasiaient sur sa magnifique chevelure de Marie-Madeleine[22] et divaguaient à qui mieux mieux sur son teint de peau digne de Battoni[23]. L'un d'eux, un véritable enthousiaste, fit un jour une curieuse comparaison entre ses yeux et un lac peint par Ruisdael[24], où se réfléchissait le pur azur d'un ciel sans nuages.

Les poètes et les musiciens en rajoutaient encore en disant : « Quoi, lac ? Quoi, miroir ? Peut-on regarder cette jeune fille sans que les harmonies célestes et les mélodies merveilleuses que reflètent ses yeux nous pénètrent jusqu'au fond du cœur et nous fassent vibrer tout entier ? Comment, alors, chanter nos fadaises sans comprendre aussitôt au léger sourire que nous lisons sur ses lèvres que nous ne valons pas mieux que nos pauvres œuvres ? »

Et de fait, Clara avait l'imagination vivace et riche d'un enfant joyeux et naïf, une âme de femme sensible et tendre, un jugement plein de lucidité et de pénétration. Les songe-creux et les esprits romanesques tombaient mal avec elle car son regard clair et son sourire plein d'une fine ironie semblaient leur dire :

---

22. Pécheresse dans les Évangiles ; elle est demeurée célèbre pour avoir essuyé les pieds de Jésus-Christ avec ses longs cheveux.

23. Pompeo Batoni (1708-1787) : peintre italien dont les portraits étaient en vogue à l'époque d'Hoffmann.

24. Jacob Van Ruisdael (1628-1682) : peintre néerlandais réputé pour ses paysages.

« Comment pourriez-vous me faire prendre vos fantômes incertains et vaporeux pour des figures réelles douées de vie et de mouvement ? »

Cette façon de voir valut à Clara plus d'une accusation de prosaïsme, de froideur, d'insensibilité. D'autres, en revanche, qui envisageaient la vie de façon plus limpide et plus profonde, admiraient ce mélange de bon sens et de candeur, et ressentaient pour elle l'affection la plus vive. Personne, toutefois, ne l'aimait autant que Nathanael. Elle, de son côté, avait voué un attachement absolu au bien-aimé de son cœur. Le moment de leur séparation avait seul amené quelques nuages sur leur vie commune.

Avec quel ravissement elle vola dans ses bras quand, revenu dans sa ville natale comme il l'avait annoncé dans la lettre à Lothaire, il entra tout à coup chez sa mère ! La prévision qu'il avait faite se réalisa : dès l'instant où il revit Clara, il ne pensa plus à l'avocat Coppelius ni au prosaïsme qu'il avait tant reproché à la lettre de sa bien-aimée. Toute rancœur s'évanouit sur-le-champ.

Nathanael avait cependant raison en écrivant à Lothaire que l'apparition maléfique du marchand de baromètres avait jeté un trouble dans sa vie. Tous le sentirent dès les premiers jours au changement radical qui était survenu dans son caractère. Il tombait sans cesse dans de sombres rêveries et montrait une bizarrerie d'humeur complètement opposée à sa nature. Pour lui, tout, et jusqu'à la vie elle-même, se transformait en songeries et en pressentiments. Il ne cessait de dire que l'homme, même s'il se croit libre, est un jouet soumis aux caprices cruels de puissances cachées et que c'est en vain qu'il se révolterait contre elles. Mieux valait, au contraire, affirmait-il, subir avec humilité ce que le sort décidait pour nous. Il allait jusqu'à soutenir que c'était folie de croire à la force de notre volonté quand il s'agissait de pratiquer les sciences et les arts. À son avis, en effet, l'inspiration sans laquelle on ne réussit rien n'avait pas son origine en nous mais résultait d'un principe extérieur qui nous dépasse.

Ces songeries mystiques déplaisaient énormément à la raisonnable Clara mais il lui semblait qu'elle perdrait sa peine à essayer de le contredire. Cependant, un jour que Nathanael voulait prouver que Coppelius était un mauvais génie qui s'était insinué en lui au moment où il écoutait derrière le rideau, et que ce démon malfaisant troublerait immanquablement le bonheur de leurs amours, cette fois, Clara devint sérieuse et dit :

— Oui, Nathanael ! tu as raison, Coppelius est un principe nuisible et malfaisant. Il peut, pareil à un esprit diabolique qui se serait emparé de toi, causer d'horribles dégâts. Mais il le peut seulement si tu renonces à le chasser de ton esprit et de tes pensées. Tant que tu décideras qu'il existe, il y demeurera et agira. Il tient son pouvoir du fait que tu crois en lui !

Fâché de constater que Clara persistait à croire que son démon existait seulement dans son esprit, Nathanael s'apprêtait à lui exposer la théorie mystérieuse des diables et des puissances malignes mais elle le coupa avec mauvaise humeur pour parler d'autre chose. Cela porta le dépit de l'étudiant à son comble. Il pensa que les secrets de cette profondeur demeuraient inaccessibles aux âmes froides et insensibles sans oser s'avouer, néanmoins, qu'il rangeait sa Clara au nombre de ces natures inférieures. En conséquence, il continua ses tentatives pour l'initier à ces mystères. Dès le matin, pendant qu'elle préparait le petit-déjeuner, il venait auprès d'elle et lui lisait toutes sortes de livres mystiques, au point qu'un jour elle lui demanda :

— Et si, cher Nathanael, je t'accusais d'être le principe hostile qui agit de façon maléfique sur mon café ? En effet, si je ne m'occupe de rien et si, pendant que tu lis, je garde les yeux posés sur toi ainsi que tu le demandes, le café débordera et le petit-déjeuner sera perdu !

Nathanael referma brusquement son livre, et de fort méchante humeur, courut se réfugier dans sa chambre.

Il avait possédé autrefois un talent certain pour composer des récits spirituels et gracieux qu'il mettait par écrit et que Clara écoutait toujours avec beaucoup de plaisir. Mais, désormais, ses histoires étaient toujours sombres, difficiles à comprendre et presque dépourvues de forme. Il le sentait bien, même si elle s'abstenait de donner son avis pour ne pas le peiner, elles étaient loin de l'intéresser. En effet, rien n'agissait sur Clara de façon plus transparente que l'ennui : dans son regard comme dans ses propos, se lisait aussitôt un invincible assoupissement intellectuel. Et les écrits de Nathanael étaient vraiment très ennuyeux.

L'aigreur du jeune homme contre le caractère prosaïque et froid de Clara s'accrut jour après jour. Elle, de son côté, ne parvenait pas à surmonter l'irritation que le mysticisme pesant, triste et ennuyeux de Nathanael lui causait. Ainsi leurs deux cœurs s'éloignaient-ils l'un de l'autre, insensiblement, sans qu'ils y prennent garde.

Nathanael était pourtant obligé de se l'avouer, l'image de l'abominable Coppelius avait considérablement pâli dans son imagination. Souvent, dans ses essais poétiques où il lui faisait jouer le rôle d'un destin funeste, il avait du mal à le parer de couleurs vives. Il eut alors l'idée de composer un poème sur le rôle funeste que, selon ses noirs pressentiments, Coppelius était appelé à jouer dans ses amours. Il se représenta avec Clara. Tous deux sont unis d'un amour tendre et constant. Toutefois, par intervalle, une griffe maléfique surgit pour leur arracher une part du bonheur qui s'offre à eux. Et le jour où, finalement, ils marchent ensemble vers l'autel, l'effroyable Coppelius apparaît. Il touche de sa main répugnante les yeux charmants de Clara qui, aussitôt, jaillissent hors de leur orbite. Pareils à des charbons ardents, ils tombent sur la poitrine de Nathanael. Coppelius alors saisit le jeune homme et l'entraîne dans un cercle de feu qui tourbillonne et l'emporte en mugissant avec la vitesse de l'ouragan. Le fracas est pareil à celui des vagues de l'Océan quand, soulevées par la fureur d'une tempête, elles entrechoquent leurs cimes écumeuses comme de sombres géants à la tête chevelue. Au milieu de ce cruel désordre, la voix de Clara se fait entendre : « Me voici ! crie-t-elle. Qui t'empêche de me voir ? Coppelius t'a trompé : ce n'étaient pas mes yeux qui ont brûlé ta poitrine mais des gouttes ardentes d'un sang qu'a versé ton propre cœur. J'ai mes yeux, regarde-moi ! » Nathanael se dit alors : « Oui, c'est bien Clara ! Et je veux lui appartenir pour l'éternité ! » Subitement arrêté par la force de cette pensée, le cercle de feu s'éteint et tout l'effroyable fracas se tait en tombant dans des abîmes insondables. Nathanael fixe les yeux de son aimée mais c'est la mort qui se dresse devant lui et qui le regarde affectueusement, avec les yeux de Clara.

Pendant tout le temps qu'il passa à composer son poème, Nathanael fit montre de beaucoup de calme et de réflexion. Il en retoucha et corrigea chaque passage avec minutie ; comme il s'était astreint à une forme très stricte en vers, il n'eut pas de repos avant que tout soit parfaitement net et bien tourné. Seulement, lorsqu'il eut achevé sa tâche et qu'il relut son œuvre à voix haute, il fut saisi d'épouvante et d'horreur. « Quelle voix effroyable parle ainsi ? » s'exclama-t-il. Cependant, il en vint assez vite à considérer son ouvrage comme un simple travail de l'esprit, plutôt réussi, de surcroît. Il se dit qu'il parviendrait certainement à enflammer l'âme glacée de Clara, même s'il ne voyait pas clairement l'utilité qu'il y aurait à enflammer Clara et à la tourmenter avec ces images horribles qui décrivaient l'anéantissement de leur paisible amour.

Ils étaient assis tous deux dans le jardinet de la maison maternelle. Clara était très gaie parce que, depuis trois jours que Nathanael se consacrait à parfaire son œuvre, il ne l'avait pas poursuivie de ses rêveries et de ses pressentiments sinistres. Nathanael lui-même parlait avec vivacité et d'un air content de choses agréables, comme autrefois. Aussi Clara lui dit-elle :

— À présent je te retrouve tout entier ! Vois-tu comme nous avons réussi à chasser l'abominable Coppelius ?

Nathanael se souvint alors de son poème qu'il avait dans la poche et de son intention de le lire à Clara. Il tira aussitôt les feuilles où ses vers étaient notés et commença sa lecture. Prévoyant quelque chose d'ennuyeux comme d'habitude, Clara se résigna et se mit à tricoter tranquillement. Mais face aux nuées de plus en plus noires qui s'accumulaient devant elle, elle finit par lâcher ses aiguilles pour contempler fixement Nathanael. Celui-ci était habité par sa poésie, une flamme intérieure l'embrasait en colorant ses joues d'une vive rougeur, des larmes coulaient de ses yeux. Sa lecture achevée, il gémit sous l'effet d'un profond accablement, prit la main de Clara et s'écria sur le ton d'un irrémédiable désespoir :

— Ah ! Clara ! Clara !

Elle le serra tendrement contre sa poitrine et dit avec douceur, mais lentement et avec beaucoup de gravité :

— Nathanael, mon bien-aimé ! Jette au feu ce poème insensé… extravagant… absurde !

Aussitôt, Nathanael se leva et, furieux, la repoussa en s'exclamant :

— Maudit automate sans vie !

Sur quoi il s'enfuit en courant.

Blessée au plus profond de son être, Clara fondit en larmes brûlantes.

— Hélas ! dit-elle, il ne m'a jamais aimée car il ne me comprend pas.

Elle continuait à sangloter tout haut quand Lothaire entra sous la tonnelle où elle était assise. Il fallut bien lui raconter ce qu'il s'était passé. Il aimait sa sœur de toute son âme, et chaque mot des plaintes qu'elle émit lui entra douloureusement dans le cœur. Il sentit la mauvaise humeur que les rêveries de Nathanael lui inspiraient depuis un moment se changer en une violente colère. Il courut le trouver et lui reprocha violemment sa conduite à l'égard de sa sœur chérie. Le bouillant Nathanael répondit sur le même ton de brutalité. Traité de sot vaniteux extravagant et maniaque, il répliqua que son pauvre ami était un homme du commun, et vulgaire. Un duel était devenu inévitable. Ils décidèrent de se battre le lendemain matin, derrière les murs du jardin, avec des épées bien aiguisées comme le voulait l'usage chez les étudiants du pays. Tout le reste du jour ils restèrent à rôder dans la maison sans parler, en proie à une agitation extrême. Clara avait entendu leur dispute. En voyant, sur le soir, le maître d'armes qui apportait les rapières, elle comprit ce qu'il allait se passer.

Le matin suivant, Lothaire et Nathanael également sombres et silencieux étaient déjà arrivés sur le lieu de la rencontre, ils avaient ôté leur veste et, les yeux enflammés d'une ardeur sanguinaire, ils étaient prêts à s'affronter quand Clara se précipita entre eux.

— Hommes sauvages et détestables ! s'écria-t-elle en sanglotant. Percez-moi le cœur, au moins, avant de vous battre ! Car comment pourrai-je survivre quand le bien-aimé aura tué le frère ou le frère, le bien-aimé ?

Lothaire laissa tomber son arme et baissa les yeux. Nathanael, lui, sentit renaître en lui son amour pour la charmante Clara tel qu'il était aux plus beaux jours de sa jeunesse heureuse. Ce fut une émotion à lui déchirer le cœur. L'épée s'échappa de sa main, il tomba aux pieds de Clara.

— Pourras-tu jamais me pardonner, mon unique, ma bien-aimée Clara ! Lothaire, mon frère, peux-tu me pardonner ?

Lothaire fut ému de la profonde douleur de son ami. Tous trois scellèrent leur réconciliation par des embrassements baignés de mille larmes. Ils jurèrent de ne jamais se séparer et de demeurer unis par une affection constante et inaltérable.

Nathanael se sentit délivré d'un poids bien lourd qui l'avait écrasé jusqu'alors. Il lui sembla qu'en résistant à la puissance occulte qui l'obsédait il avait sauvé son être d'une ruine imminente. Il passa encore trois journées pleines de bonheur auprès de ceux qu'il aimait puis retourna à G... Il avait l'intention d'y rester encore une année avant de revenir se fixer définitivement dans sa ville natale.

5

Quelle ne fut pas la surprise de Nathanael, quand, de retour à G…, il voulut rentrer chez lui et trouva que la maison avait été totalement consumée par les flammes. Seuls des pans de mur noircis s'élevaient au-dessus des décombres ! Cependant, et quoique l'incendie se soit propagé de bas en haut, le feu ayant pris dans le laboratoire d'un apothicaire logé au rez-de-chaussée, les amis de Nathanael étaient parvenus à sauver ses papiers, ses livres et ses instruments. Ils avaient réuni ces objets dans une autre chambre qu'ils avaient louée à son nom et qu'il alla habiter.

Il se trouva logé, sans y accorder d'importance, en face du professeur Spallanzani, et s'aperçut, avec une égale indifférence, que, de sa fenêtre, il dominait la pièce où Olympia se tenait souvent assise seule. Elle était placée de telle manière qu'il pouvait la distinguer nettement même si, en raison de la distance, les traits de son visage demeuraient incertains et confus.

Il finit pourtant par être frappé de voir qu'Olympia restait souvent assise à la petite table des heures durant sans la moindre occupation ; elle demeurait dans la position où il l'avait déjà vue à travers la porte vitrée et regardait fixement de son côté. Il dut admettre qu'il n'avait jamais vu de femme plus admirable mais, le cœur tout plein de l'image de Clara, il demeura indifférent à cette Olympia raide et immobile. C'était machinalement que, de temps à autre, il jetait un regard vers la belle statue par-dessus son cahier de travail. Rien de plus.

Il était justement en train d'écrire à Clara lorsqu'on frappa doucement à sa porte. Celle-ci s'ouvrit sur son invitation, et la figure repoussante de Coppola s'avança dans la chambre. Nathanael ne put s'empêcher de frémir. Toutefois, se rappelant les renseignements de Spallanzani sur son compatriote et ses promesses solennelles à Clara au sujet de l'homme au sable, il eut honte de sa crainte puérile. Il rassembla ses esprits, et d'une voix aussi douce et tranquille que possible :

— Je n'achète pas de baromètres, cher monsieur ! dit-il. Vous pouvez vous en aller.

Seulement Coppola entra tout à fait dans la chambre. Sa grande bouche se contracta en un affreux simulacre de sourire, ses petits yeux perçants étincelèrent sous ses longs cils gris, et il dit d'une voix cassée :

— Ah ! non ? Pas baromètres ? Mais avoir aussi zolis zieux ! Zolis zieux !

Saisi d'effroi, Nathanael s'écria :

— Espèce de fou, comment pourrais-tu avoir des yeux à vendre ? Des yeux !

En un instant, Coppola se débarrassa de ses baromètres, enfonça les mains dans les larges poches de son habit et en tira des lunettes qu'il posa sur la table.

— Eh bien ! des lounettes... à mettre sour le nez ! Les voilà mes zieux, les zolis zieux !

Tout en parlant, il sortait des lunettes et encore des lunettes, si bien que la table en fut bientôt toute brillante et se mit à scintiller d'inquiétante façon. Des milliers d'yeux croisaient leurs regards sur Nathanael qui les voyait cligner et s'agiter convulsivement sans être capable de détourner la tête. Coppola posait toujours plus de lunettes sur la table, et de nouveaux yeux luisants lançaient leurs redoutables rayons ardents sur le jeune homme qui les sentait entrer dans sa poitrine et le brûler.

En proie à une terreur insensée, il s'écria :

— Arrête ! Arrête, espèce d'enragé !

En même temps, il saisit Coppola par le bras alors qu'il portait de nouveau la main à ses poches pour en extraire encore d'autres lunettes bien que la table en soit déjà toute recouverte. Coppola se dégagea doucement avec un rire sourd et déplaisant.

— Ah ! rien pour vous ? dit-il. Ma j'ai souperbes verres !

Prestement il rempocha ses lunettes et tira de la poche latérale de son habit quantité de lorgnettes de toutes les tailles.

Dès que les lunettes eurent disparu, Nathanael redevint parfaitement calme. Pensant à Clara, il admit que l'horrible apparition qui l'avait effrayé n'existait que dans son esprit, et que Coppola pouvait fort bien être un banal artisan, un honnête opticien, et non pas un odieux fantôme ni le double maléfique de Coppelius. D'ailleurs les verres que Coppola venait d'étaler de nouveau sur la table n'offraient rien d'extraordinaire et ne provoquèrent chez lui aucune fascination diabolique comparable à celle des lunettes. Il résolut, en guise de réparation, d'acheter quelque chose. Il opta pour une petite lorgnette de poche très artistement travaillée et alla à la fenêtre pour l'essayer. De sa vie, il n'avait encore jamais tenu en main un instrument capable de rapprocher les choses et de les faire voir avec autant de netteté, de précision et de justesse.

Le hasard fit qu'il regarda dans l'appartement de Spallanzani. Comme d'ordinaire, Olympia était assise à la petite table, les bras appuyés dessus et les mains croisées. Nathanael vit alors pour la première fois l'admirable régularité des traits de la jeune fille. Seuls ses yeux semblaient étrangement fixes et inanimés. Toutefois, à force de les regarder avec la lorgnette, il lui sembla y distinguer d'humides rayons lunaires qui s'y réfléchissaient. L'aptitude à voir semblait s'y introduire par degrés, et le feu de son regard devenir de plus en plus ardent et vivace. Retenu à la fenêtre comme par un enchantement, Nathanael ne pouvait se lasser de contempler la céleste beauté d'Olympia.

Un raclement de pieds assorti d'une toux le tira de sa profonde extase. Coppola était derrière lui :

— *Tre zecchini !* Trois ducats ! fit-il.

Nathanael avait complètement oublié le marchand d'optiques. Il paya promptement le prix demandé.

— N'est-ce pas, souperbes verres ? Souperbes ! redit Coppola de sa voix cassée et déplaisante.

Il avait toujours son petit sourire ironique.

— Oui, oui ! répondit Nathanael avec mauvaise humeur. Adieu, mon cher monsieur ! Adieu.

Le Piémontais ne quitta toutefois pas la chambre avant d'avoir gratifié Nathanael de plusieurs regards en coin, et on l'entendit rire dans l'escalier. « Et voilà ! pensa Nathanael, il se moque de moi parce que je lui ai payé sa petite lorgnette beaucoup trop cher. »

Alors qu'il répétait ces mots à voix basse : « Beaucoup trop cher ! », il crut entendre résonner dans la chambre un profond soupir de moribond. La frayeur et l'émotion lui coupèrent la respiration. C'était lui-même qui avait soupiré, il n'y avait pas moyen d'en douter.

— Clara a bien raison de me considérer comme un visionnaire et un insensé, dit-il tout haut. Il est bizarre, plus que bizarre même, d'être ému aussi violemment par l'idée que j'ai payé trop cher une lorgnette. Voilà un trouble bien étrange, et pas moyen d'en comprendre la cause !

Il finit par se rasseoir pour terminer sa lettre à Clara mais un coup d'œil du côté de sa fenêtre lui apprit qu'Olympia était toujours là. Aussitôt, poussé par une force irrésistible, il se leva, prit la lorgnette de Coppola et resta longtemps à s'enivrer de la vue de la belle. Il demeura immobile à la même place comme s'il était enchaîné jusqu'à ce que Sigismond, un camarade de classe qui était aussi un ami, vienne le prendre pour aller au cours du professeur Spallanzani.

Le rideau de la porte vitrée était soigneusement tiré. Nathanael ne put entrevoir Olympia ni de cet endroit ni, non plus, de sa fenêtre les deux jours suivants. Pourtant, il s'absenta à peine de chez lui et garda continuellement l'œil appliqué à la lorgnette. Le troisième jour, on plaça d'épais rideaux aux fenêtres. Absolument désespéré, dévoré d'ardeur et de désir, il s'enfuit hors de la ville. L'image d'Olympia flottait dans les airs devant lui ; elle s'élevait de chaque buisson et, dans le miroir d'eau du ruisseau, elle le poursuivait partout de ses yeux étincelants. Le souvenir de Clara était complètement effacé de son esprit. Il ne pensait à rien sauf à Olympia, et se plaignait à haute voix sur un ton langoureux : « Ô sublime étoile d'amour ! ne t'es-tu montrée à moi que pour disparaître aussitôt et me laisser sans espérance au milieu d'une épaisse nuit ? »

Quand il rentra chez lui, il nota une grande agitation dans la maison de Spallanzani. Les portes étaient grandes ouvertes, les fenêtres du premier étage démontées. On apportait des meubles de toutes sortes. Des servantes s'affairaient à balayer et époussetaient partout avec énergie. On entendait les coups de marteau des menuisiers et des décorateurs.

Nathanael restait planté dans la rue sous le coup

de l'étonnement quand Sigismond s'approcha de lui en riant.

— Eh bien ! que dis-tu de notre Spallanzani ? demanda-t-il.

Nathanael répondit qu'il ne pouvait pas en dire grand-chose vu qu'il ne savait rien au sujet du professeur. Il voyait même avec la plus grande surprise l'agitation et le tapage qui se faisaient dans sa maison d'ordinaire si tranquille.

Sigismond lui apprit alors que Spallanzani devait donner une grande fête avec bal et concert le lendemain, et que la moitié de l'université y était invitée. En outre, le bruit courait qu'il devait y laisser paraître sa fille Olympia pour la première fois, après l'avoir si longtemps et si soigneusement cachée à tous les regards.

Nathanael trouva une invitation chez lui. Le cœur battant, il se rendit chez le professeur à l'heure indiquée, alors que, déjà, les voitures des invités arrivaient en foule. Il pénétra dans les salons richement décorés et resplendissants de lumière. L'assemblée était nombreuse et brillante. Olympia se montra parée avec beaucoup d'éclat et de goût. On fut obligé de rendre hommage à la beauté de ses traits et à la noblesse de son allure. La cambrure un peu excessive de son dos et l'extrême finesse de sa taille paraissaient résulter d'un corset lacé trop serré. Dans sa démarche et son maintien, il y avait une certaine raideur et quelque chose d'affecté qui pouvaient causer une impression défavorable mais on les attribua au manque d'habitude d'évoluer en société.

Le concert commença. Olympia joua du piano avec une habileté remarquable et chanta un air de bravoure d'une voix claire et retentissante qui évoquait la sonorité du cristal. Nathanael était dans le ravissement. Debout au dernier rang des assistants, il ne distinguait pas bien les traits d'Olympia au milieu de l'éblouissante clarté des bougies. Sans que personne le remarque, il tira de sa poche la lorgnette de Coppola et la braqua sur la belle chanteuse. Ah ! Il s'aperçut alors qu'elle le considérait avec langueur, et que chaque nuance de son chant s'exprimait à l'avance dans ce tendre regard qui pénétrait et embrasait tout son être. Les ornements compliqués sonnaient à son oreille comme les cris de joie céleste qu'exhale une âme exaltée par l'amour. Et, finalement, lorsque le trille[25] prolongé de la cadence finale retentit dans le salon, Nathanael crut sentir l'étreinte inattendue de deux bras de feu. Ne se possédant plus, il cria malgré lui, dans un excès de douleur et d'enthousiasme mêlés :

— Olympia !

Tous les regards se portèrent de son côté et plusieurs personnes éclatèrent de rire. L'organiste de la cathédrale prit un air trois fois plus sombre que d'habitude et se contenta de dire :

— Eh bien ! Eh bien !

25. Ornement musical consistant à alterner rapidement et de façon continue une note et celle qui est placée juste au-dessus.

Le concert était fini, le bal commença. Danser avec elle ! C'était à présent pour Nathanael le but de tous ses désirs, de toute son ambition. Mais comment avoir l'audace de l'inviter, elle, la reine de la fête ? Pourtant, sans qu'il comprenne comment cela arriva, alors que la danse venait de commencer, il se trouva près d'elle, qui n'avait pas encore été invitée, et la prit par la main avant d'avoir pu balbutier le moindre mot.

Plus froide que la glace était la main d'Olympia. Nathanael sentit un tressaillement funèbre parcourir ses membres. Il fixa son regard sur les yeux de la jeune fille qui lui répondirent, radieux, pleins d'amour et de langueur. En même temps, il eut l'impression que le pouls de sa cavalière s'agitait sous la peau froide et que ses artères se gonflaient d'un sang plein de vie.

Le cœur de Nathanael était enflammé de passion. Du bras, il entoura la taille de la belle, et tous deux s'élancèrent au milieu des couples de valseurs. Il se croyait capable de danser en respectant parfaitement la mesure mais l'assurance et la précision infaillibles avec lesquelles sa cavalière dansait le déconcertèrent plus d'une fois et lui firent comprendre que le sens du rythme lui était étranger. Il se refusa pourtant à valser avec une autre et aurait volontiers tué sur place le premier qui s'approcha d'Olympia pour l'inviter. À son grand étonnement, cela n'arriva que deux fois. Après quoi, elle demeura tout le temps assise, et lui l'invita encore plusieurs fois.

Si Nathanael avait été capable de s'intéresser à autre chose qu'à Olympia, il n'aurait pas manqué de se trouver mêlé à plusieurs mauvaises disputes. Çà et là, en effet, éclataient des rires moqueurs qui étaient clairement éveillés par la belle Olympia, et les jeunes gens la suivaient des yeux de façon tout à fait curieuse sans qu'on devine pourquoi. Nathanael, lui, échauffé qu'il était par la danse et de copieuses libations, avait totalement oublié sa timidité habituelle. Assis à côté d'Olympia dont il tenait la main dans la sienne, il parlait avec exaltation de son ardent amour en termes aussi incompréhensibles pour lui que pour elle. Pourtant, elle le comprenait sans doute car, le regard posé fixement sur lui, elle soupirait sans cesse :

— Ha ! ha ! ha !

À quoi il répliquait, au comble de l'ivresse :

— Ô toi ! femme sublime et céleste ! Ô pur rayon de la félicité qui nous est promise dans l'autre monde ! Âme profonde où se réfléchit tout mon être !…

Il poursuivait sans cesse sur ce même registre, et Olympia continuait toujours de soupirer :

— Ha ! ha ! ha !

Spallanzani passa plusieurs fois devant cet heureux couple et le considéra avec un sourire particulièrement satisfait.

Quoiqu'il fût transporté dans un univers absolument étranger, Nathanael s'aperçut enfin qu'une obscurité toute terrestre s'installait chez le professeur. Il regarda autour de lui et fut effaré de voir que les deux dernières bougies qui brûlaient encore en éclairant un peu le salon désert allaient bientôt s'éteindre. La musique et la danse avaient cessé depuis longtemps.

— Nous séparer ! Nous séparer !… s'écria-t-il en proie au pire désespoir.

Il baisa la main d'Olympia puis se pencha vers sa bouche. Ses lèvres brûlantes rencontrèrent des lèvres de glace ! Comme quand il avait touché la main gelée d'Olympia, il se sentit envahi d'une secrète horreur, et la légende de la fiancée morte[26] lui vint aussitôt à l'esprit. Mais Olympia l'ayant tendrement pressé contre elle, le feu du baiser sembla rallumer la vie sur ses lèvres.

Le professeur Spallanzani passa lentement dans le vaste salon vide où ses pas résonnèrent. À cause des bougies qui mouraient, des ombres vacillantes jouaient sur son visage et lui donnaient un aspect fantastique et inquiétant.

— M'aimes-tu ? Olympia ? murmura Nathanael à mi-voix. Rien que ces mots : m'aimes-tu ?

Olympia se contenta de soupirer à nouveau en se levant :

— Ha ! ha ! ha !

— Oui ! s'écria Nathanael. Ô ma chère et divine étoile d'amour ! Tu t'es levée sur mon ciel afin d'illuminer ma vie ! Tu seras ma félicité pour toujours !

— Ha ! ha ! ha ! répliqua Olympia tout en marchant.

Nathanael la suivit et ils arrivèrent devant le professeur.

---

26. Légende popularisée par le poème de Goethe *La fiancée de Corinthe* (1797).

— Vous vous êtes entretenu avec ma fille d'une manière bien vive, dit celui-ci en souriant. Eh bien ! mon cher monsieur Nathanael, si vous trouvez du goût à converser avec cette jeune sotte, vos visites seront les bienvenues.

Nathanael se retira ivre de bonheur et le cœur en joie.

Les jours suivants, la fête de Spallanzani fut le sujet de toutes les conversations. Il n'avait rien épargné pour faire magnifiquement les choses mais les mauvaises langues ne manquèrent pas de trouver des bizarreries et des inconvenances à critiquer. On se moqua surtout du mutisme et de la raideur d'Olympia qu'on taxa, malgré ses dehors charmants, d'une parfaite stupidité. Voilà qui expliquait, ajoutait-on, pourquoi son père l'avait tenue cachée si longtemps.

Ce ne fut pas sans une secrète fureur que Nathanael entendit ces propos. Il se tut néanmoins : à quoi cela aurait-il servi de prouver à ces gens que c'était leur stupidité à eux qui les empêchait de reconnaître la profondeur et le sublime de l'âme d'Olympia ?

Sigismond lui dit pourtant :

— Frère, explique-moi, je te prie, comment toi, un garçon intelligent, tu as pu t'amouracher d'une poupée de bois ? d'une figure de cire !

Nathanael allait répliquer avec colère mais il se ravisa d'un coup et répondit :

— Dis-moi plutôt, Sigismond, comment les attraits divins d'Olympia ont pu échapper à ton discernement autrefois si prompt à reconnaître et comprendre le beau ? Du reste, j'en rends grâce au Ciel car autrement tu aurais été mon rival, et, dans ce cas, il aurait fallu que l'un de nous deux verse le sang de l'autre !

Voyant clair dans la situation de son ami, Sigismond commença par déclarer qu'en amour il ne fallait jamais discuter sur l'objet aimé. Il ajouta :

— Il est cependant notable que beaucoup d'entre nous ont à peu près la même opinion d'Olympia. Elle nous a paru à tous – ne le prends surtout en mauvaise part – étrangement raide et peu vivante. Sa taille est régulière ainsi que ses traits, c'est vrai, de telle sorte qu'elle pourrait passer pour belle. Mais son regard est trop dénué de la lumière vitale ; il lui manque, je dirais presque, la capacité de voir. Sa démarche aussi est extraordinairement compassée. Chaque mouvement qu'elle fait semble répondre à l'impulsion d'un mécanisme qu'on aurait remonté. Son chant et sa manière de jouer du piano ont la précision artificielle et l'exactitude monotone et matérielle d'une machine. Il en est de même de sa danse. En fait, cette Olympia nous a causé à tous une impression sinistre. Aucun d'entre nous ne veut avoir affaire à elle car elle a seulement l'apparence d'un être vivant et cache on ne sait quoi de surnaturel et de bizarre.

Nathanael réprima le sentiment d'amertume que les propos de Sigismond faisaient naître en lui. Il domina son irritation et se contenta de dire avec beaucoup de sérieux :

— Il se peut bien qu'Olympia vous paraisse inquiétante, à vous qui êtes insensibles et prosaïques. Une nature telle que la sienne ne peut se révéler qu'à une âme poétique. C'est seulement pour moi qu'a brillé ce regard amoureux dont les rayons ont embrasé mon cœur et mon esprit. Dans l'amour d'Olympia je me retrouve tout entier ! Sans doute, aussi, vous déplaît-il qu'elle ne s'adonne pas aux conversations banales comme le font tant d'autres esprits ordinaires et plats. Elle parle peu, il est vrai, mais ses rares mots, tels des hiéroglyphes du monde intérieur, débordent d'amour et de l'intelligence supérieure d'une vie spirituelle qui contemple les mystères de l'au-delà. L'ennui, c'est que tout cela vous dépasse et que ce sont paroles perdues.

— Dieu te garde ! cher frère, dit Sigismond avec douceur et un peu de tristesse. J'ai peur que tu ne te sois engagé sur un mauvais chemin. Tu peux compter sur moi, dans le cas où… Mais non, je ne veux rien dire de plus.

Par une inspiration subite, Nathanael découvrit tout de même des intentions amicales dans les paroles de Sigismond, tout froid et prosaïque qu'il fût. Il secoua bien cordialement la main que lui tendit son camarade.

6

Nathanael avait complètement oublié qu'il existait au monde une Clara qu'il avait aimée autrefois. Sa mère, Lothaire, tout avait disparu de son souvenir. Il ne vivait plus que pour Olympia. Chaque jour, il allait passer de longues heures auprès d'elle, à tenir des propos déraisonnables sur son amour, le principe vivifiant de la sympathie, les affinités électives, toutes choses qu'Olympia entendait avec la plus grande attention.

Il tirait du fin fond de ses tiroirs tout ce qu'il avait écrit ou composé autrefois, poèmes, fantaisies, nouvelles, rêveries, romans auxquels, chaque jour, il ajoutait des sonnets, des stances, des ballades qui s'envolaient vers l'azur. Il lisait et relisait le tout à Olympia pendant des matinées entières, sans se lasser et sans s'interrompre. Mais le fait est qu'il n'avait jamais eu un auditeur aussi excellent : Olympia ne brodait pas, ne tricotait pas, ne regardait pas par la fenêtre, ne donnait pas à manger à un petit oiseau, ne jouait pas avec un petit chien, ne roulait pas entre ses doigts de fines bandes de papier ou tout autre chose, n'avait jamais besoin de cacher un bâillement avec une petite toux forcée. En fait, elle regardait son amoureux droit dans les yeux durant des heures d'horloge, gardant une position fixe et immuable, sans bouger, sans souffler, en même temps que son regard s'animait de toujours plus de vivacité et d'ardeur. C'était seulement, lorsque Nathanael se levait enfin et lui baisait la main ou même la bouche qu'elle disait :

— Ha ! ha ! ha !

Avant d'ajouter :

— Bonne nuit, mon cher !

« Oh ! âme sublime et profonde ! s'exclamait Nathanael une fois qu'il se retrouvait dans sa chambre, c'est toi seule, toi seule au monde, qui me comprends complètement ! »

Il tressaillait d'un ravissement intérieur en songeant à l'accord miraculeux entre son cœur et celui d'Olympia, accord qui se manifestait davantage de jour en jour. Il lui semblait qu'elle exprimait ses opinions intimes sur ses œuvres et sur son talent poétique par le biais de ce qu'il disait lui, Nathanael. Et, du reste, il ne pouvait guère en être autrement car elle ne prononçait jamais un mot de plus que ce que j'ai déjà rapporté.

Dans certains moments de lucidité – le matin, par exemple, à son réveil – il songeait à la passivité absolue et au prodigieux mutisme d'Olympia. Mais, aussitôt, « Que sont les mots ? se disait-il. Des mots ! Tandis qu'un de ses coups d'œil célestes exprime plus que toutes les langues d'ici-bas réunis ! D'ailleurs, une créature des cieux ne peut pas se contenter des limites étroites que trace notre pitoyable impuissance terrestre ! »

De son côté, le professeur Spallanzani semblait enchanté des relations de sa fille avec Nathanael à qui il accordait toutes sortes de témoignages de sa bienveillance. Et lorsqu'enfin ce dernier se hasarda à faire de très lointaines allusions à un mariage, le professeur répliqua avec un sourire radieux qu'il laisserait sa fille entièrement libre de son choix.

Encouragé par ces propos et le cœur bouillant de désir, Nathanael voulut, dès le lendemain, demander à Olympia de déclarer clairement ce que ses délicieux regards de tendresse lui avaient révélé depuis longtemps, c'est-à-dire qu'elle consentait à se donner à lui pour toujours. Il chercha la bague que lui avait donnée sa mère afin de l'offrir à Olympia comme symbole de son dévouement et en gage d'une vie nouvelle qu'elle allait charmer et embellir. Durant cette recherche, les lettres de Lothaire et de Clara lui tombèrent sous la main ; il les écarta avec indifférence. Il finit par trouver la bague, la mit dans sa poche et courut chez le professeur pour voir Olympia.

Il était sur le palier quand il entendit un tapage effrayant qui semblait provenir du cabinet de travail de Spallanzani : des piétinements, un cliquetis étrange, un bruit de ressorts, des coups redoublés contre la porte, le tout entremêlé de jurons et de malédictions.

— Lâche… lâche-la donc, infâme ! Scélérat ! Sais-tu que j'y ai sacrifié mon sang et ma vie ?

— Ha ! ha ! ha ! N'avons-nous pas parié ? C'est moi qui ai fourni les yeux !

— Et moi, les rouages !

— Maudit imbécile avec tes rouages ! Stupide horloger !

— Satan ! Chien damné ! Sors d'ici !

— Arrête, fourbe ! Charlatan !

— Sculpteur de pacotille ! Lâcheras-tu à la fin ?

— Créature du diable !

— Lâche donc !

Dans ce tourbillon de voix qui sifflaient et mugissaient en même temps, Nathanael reconnut celles de Spallanzani et de l'abominable Coppelius. Il se précipita dans la chambre, en proie à une angoisse indéfinissable. Le professeur tenait par les épaules et Coppola par les jambes le corps d'une femme qu'ils se disputaient avec une fureur terrible, en la tiraillant dans tous les sens. Frappé d'une horreur inexprimable, Nathanael fit un bond en arrière : ce corps de femme était celui d'Olympia ! Submergé par une sainte colère, il s'apprêtait à défendre sa bien-aimée contre ces enragés mais, à ce même moment, Coppola donna une secousse terrible avec une force de géant. Il fit ainsi lâcher prise au professeur avant de lui asséner un coup violent sur la tête avec la femme. Spallanzani chancela puis tomba à la renverse sur une table couverte de fioles, de cornues, de flacons et de tubes de verre. Tout ce matériel explosa en mille morceaux.

Coppola chargea Olympia sur ses épaules et, dans un grand éclat de rire, dévala l'escalier à toute allure. Les pieds pendants de la misérable créature heurtèrent les marches l'une après l'autre en résonnant comme des morceaux de bois.

Nathanael demeura pétrifié. Il n'avait que trop bien vu. Le visage en cire d'Olympia, pâle comme la mort, était dépourvu d'yeux : de noires cavités en occupaient la place. C'était une poupée sans vie.

Spallanzani se roulait au sol. Des éclats de verre l'avaient blessé à la tête, à la poitrine et aux bras. Son sang coulait à flots. Cependant, il rassembla toutes ses forces pour crier :

— Cours après lui ! À sa poursuite ! Qu'est-ce que tu attends ? Il m'a volé mon meilleur automate ! Vingt ans de travail ! Ma vie ! Mon énergie ! Le mouvement, la marche, la parole, tout cela est de moi ! Les yeux… Les yeux, je les lui devais, je l'admets ! Ce maudit ! Ce damné ! Cours après lui ! … Rapporte-moi Olympia. Tiens, voilà ses yeux !

Nathanael vit alors sur le plancher deux yeux sanguinolents qui le regardaient fixement. De celle de ses mains qui était la moins blessée Spallanzani les ramassa et les lui lança. Ils vinrent frapper sa poitrine. Sur le coup, la folie enserra Nathanael dans ses griffes ardentes ; s'emparant de tout son être, elle brisa net chez lui les ressorts du jugement et de la pensée.

— Hui ! hui ! hui ! Cercle de feu ! Cercle de feu ! Tourne cercle de feu ! Gaiement ! Gaiement ! Poupée de bois ! Hui ! Belle petite poupée ! tourne, tourne donc !

Tout en criant, il se jeta sur le professeur et le prit à la gorge. Il l'aurait étranglé mais le tapage avait attiré beaucoup de monde. Des gens les entourèrent et tirèrent à l'écart un Nathanael au comble de la fureur. Cela sauva le professeur qu'on s'empressa de panser. Tout vigoureux qu'il était, Sigismond ne parvint pas, seul, à maîtriser Nathanael qui ne cessait de crier d'une voix horrible : « Tourne, poupée de bois ! tourne ! », et lançait ses poings fermés à l'aveuglette autour de lui.

Finalement, les efforts conjugués de plusieurs personnes permirent de le maîtriser : on le coucha au sol et on le ligota. Ses cris se convertirent peu à peu en une sorte de rugissement de bête. Il continuait d'être agité de convulsions épouvantables. On le transporta sans tarder à l'hôpital des fous.

Avant de te raconter, bienveillant lecteur, la suite des aventures du malheureux Nathanael, je peux te garantir, au cas où tu t'intéresserais à l'habile mécanicien et constructeur d'automates Spallanzani, qu'il ne tarda pas à guérir complètement de ses blessures. Il dut cependant quitter l'université. L'histoire de Nathanael avait causé une vive sensation et le fait d'avoir introduit une poupée de bois dans des sociétés les plus convenables en la faisant passer pour une personne véritable souleva une forte réprobation : cela fut unanimement considéré comme une supercherie des plus inconvenantes. Des juristes y virent même une imposture d'autant plus condamnable à leur avis qu'elle avait été dirigée contre l'ensemble de la société, et si perfidement combinée que personne ne s'en était douté, mis à part quelques étudiants particulièrement clairvoyants. Il est vrai que, désormais, c'était à qui prétendait avoir eu vent de la chose, et chacun, pour appuyer ses affirmations, citait tel ou tel détail qui lui avait paru suspect. En réalité, ces allégations étaient loin d'être convaincantes. Ainsi, par exemple, s'il fallait en croire un habitué des salons, Olympia avait plus souvent éternué que bâillé alors que c'est l'inverse qui se produit habituellement. Ce phénomène, affirmait notre buveur de thé, résultait du mouvement caché des rouages qui, en se remontant d'eux-mêmes, produisaient, à intervalle régulier, un craquement audible, etc. Mais, même en ayant noté ce détail, comment aurait-on pu suspecter…

Bon nombre de messieurs respectables ne se tinrent en rien pour satisfaits par cette explication. L'histoire de l'automate avait causé une très profonde impression, ce qui eut pour conséquence qu'une sourde méfiance tout à fait déplorable s'établit vis-à-vis des personnes humaines. Pour acquérir la conviction de ne pas s'être épris d'une poupée de bois, plus d'un amoureux exigea de son aimée qu'elle chante et danse en négligeant la mesure, qu'elle tricote, brode ou même joue avec le petit chien en les écoutant lire, et ainsi de suite, mais qu'en tout cas elle ne se contente pas d'écouter, et qu'elle parle aussi quelquefois, de manière à traduire par ses paroles une pensée et une sensation. Ce genre d'épreuves resserra un certain nombre de liens amoureux qui devinrent d'autant plus agréables, tandis que d'autres se défirent inexorablement.

— On ne peut être sûr de rien ! disait-on alors d'un côté ou de l'autre.

Dans les salons, quand on prenait le thé, on bâilla d'une manière incroyable tout en s'abstenant totalement d'éternuer, cela afin d'échapper à tout soupçon.

Spallanzani, ainsi qu'on l'a dit plus haut, fut obligé de s'enfuir afin de se soustraire à une instruction criminelle pour avoir introduit frauduleusement son automate dans la société des hommes. Coppola avait également disparu.

Nathanael se réveilla comme d'un rêve pesant et terrifiant. Il ouvrit les yeux et sentit une impression de bonheur ineffable le pénétrer d'une douce et bienfaisante chaleur. Il était dans la maison paternelle, couché dans sa chambre. Il vit Clara penchée sur lui et, près d'elle, sa mère et Lothaire.

— Enfin ! mon bien-aimé Nathanael ! Te voici guéri de ta grave maladie. Tu es mien à nouveau !

Ainsi parla Clara avec une expression pleine de tendresse, et elle pressa Nathanael dans ses bras. Des larmes de joie et d'émotion coulèrent des yeux de Nathanael, claires et brûlantes.

— Ma… ma Clara ! dit-il après un profond soupir.

Sigismond, qui avait fidèlement suivi son ami malade, entra. Nathanael lui tendit la main.

— Mon frère, dit-il, tu ne m'as donc pas abandonné !

Toute trace de folie avait disparu. Nathanael recouvra bientôt ses forces grâce aux tendres soins de sa mère, de sa fiancée et de ses deux amis. Le bonheur était revenu dans la maison d'autant plus qu'un vieil oncle riche et avare dont personne n'attendait rien avait laissé à la mère en mourant un capital très confortable et une petite propriété agréablement située à proximité de la ville. C'était là que Nathanael songeait à s'installer avec sa mère, Lothaire et sa Clara qu'il était bien résolu, cette fois, à épouser. Il était devenu plus doux, plus affectueux que jamais, et savait enfin apprécier l'âme si belle et si pure de son angélique fiancée.

Personne ne lui adressa le moindre mot à propos du passé. Seulement, lorsque Sigismond prit congé de lui, Nathanael lui déclara :

— Par le Ciel ! mon frère, j'étais sur une mauvaise voie. Heureusement, un ange m'a ramené à temps sur un chemin de lumière et de paix ! Et c'est ma Clara !

Sigismond ne le laissa pas continuer de crainte que des souvenirs amers et cruels ne se réveillent en lui avec trop de violence.

Le jour vint où ils devaient, tous les quatre, partir pour la petite propriété. À l'heure de midi, ils parcouraient les rues de la cité après avoir fait des emplettes. La haute tour de l'hôtel de ville projetait sur la place du marché son ombre gigantesque.

— Ah ! dit Clara, montons encore une fois là-haut pour voir les montagnes lointaines !

Aussitôt fait que dit : Nathanael et Clara montèrent ensemble, la mère rentra à la maison avec la servante, et Lothaire, qui ne se sentait pas disposé à escalader tant de marches, décida d'attendre en bas. Les deux amoureux atteignirent la plus haute galerie de la tour et, se donnant le bras, contemplèrent les forêts verdoyantes au-delà desquelles, pareilles à une cité de géants, les cimes bleuâtres des montagnes se dessinaient à l'horizon.

— Regarde cet étrange petit buisson gris là-bas ! dit Clara. On dirait qu'il s'avance vers nous.

Nathanael fouilla machinalement sa poche dans laquelle il trouva la lorgnette de Coppola. Il la braqua vers la plaine... Olympia se tenait devant le verre ! Un tremblement convulsif parcourut les veines du jeune homme. Son pouls s'accéléra violemment. Pâle comme la mort, il posa son regard fixe sur Clara. Tout d'un coup, ses yeux roulèrent dans leurs orbites en lançant des éclats de feu ; il mugit affreusement à la façon d'une bête féroce, puis il se mit à sauter sur place à une hauteur extrême en criant et en riant d'un rire suraigu et horrible.

— Tourne, poupée de bois, tourne ! hurlait-il. Tourne, poupée de bois ! tourne !

Sur quoi, il empoigna Clara avec une violence formidable et voulut la précipiter en bas. Elle, en proie à une angoisse mortelle et désespérée, se raccrocha à la rampe de toutes ses forces. Lothaire entendit le vacarme que Nathanael faisait dans sa fureur. Il distingua les cris de détresse de Clara. Un affreux pressentiment s'empara de lui. Il courut en haut de la tour : la porte du second escalier était fermée. Clara poussa un nouveau cri de désespoir encore plus déchirant que les précédents. Galvanisé par la crainte et la colère, Lothaire se rua contre la porte qui céda. Les cris de Clara devenaient de plus en plus faibles :

— Au secours ! À moi ! à moi ! entendit-il à peine.

Et la voix se perdit dans les airs.

— Elle est morte ! s'exclama Lothaire. Ce fou l'a tuée !

La porte d'accès à la galerie était également fermée. La rage lui donna une force surhumaine : il la fit sauter de ses gonds.

Dieu du ciel ! Soulevée par Nathanael qui la tenait au-dessus du vide, Clara ne s'accrochait plus qu'à un barreau de fer et d'une seule main.

Prompt comme l'éclair, Lothaire saisit sa sœur, la ramena par-dessus la balustrade sur la plate-forme. En même temps, il lança son poing en plein visage du forcené qui lâcha sa proie et recula en chancelant.

Lothaire descendit précipitamment, portant dans les bras sa sœur évanouie mais sauvée. Pendant ce temps, Nathanael se démenait comme un diable dans la galerie en faisant des bonds prodigieux et en criant sans cesse :

— Tourne, cercle de feu, tourne !

Les gens étaient accourus à ces cris sauvages. Au milieu de la foule se tenait la colossale silhouette de l'avocat Coppelius qui venait d'arriver en ville et s'était dirigé tout droit vers la place du marché. On voulait monter à la tour pour s'emparer du malheureux forcené. Coppelius se mit à rire en disant :

— Ah ! ah ! ah ! Attendez, plutôt. Il descendra tout seul.

Et il continua de regarder en haut comme tout le monde.

On vit Nathanael s'arrêter subitement, comme pétrifié. Il se pencha un peu, aperçut Coppelius et, en criant d'une voix forte : « Ah ! zoulis zieux ! Zoulis zieux ! », il sauta par-dessus la rampe.

Lorsqu'il tomba sur le pavé, la tête fracassée, Coppelius avait disparu.

On affirme que, plusieurs années après, dans une contrée éloignée, on a vu Clara assise devant la porte d'une jolie maison de campagne au côté d'un homme agréable, sa main dans la sienne. Deux beaux enfants jouaient auprès d'elle. On pourrait en conclure que Clara finit par trouver le bonheur paisible qui convenait à son caractère joyeux et satisfait de la vie. Un bonheur que Nathanael, avec son caractère tourmenté, ne serait jamais parvenu à lui procurer.

Table

« Pour l'éditeur, le principe est d'utiliser des papiers composés de fibres naturelles, renouvelables, recyclables et fabriquées à partir de bois issus de forêts qui adoptent un système d'aménagement durable. En outre, l'éditeur attend de ses fournisseurs de papier qu'ils s'inscrivent dans une démarche de certification environnementale reconnue. »

Édité par la Librairie Générale Française - LPJ
(58 rue Jean Bleuzen, 92170 Vanves)

Composition PCA
Achevé d'imprimer en mai 2021 par Laballery
N° d'impression : 10752
Dépôt légal 1re publication octobre 2014
14.2224.5/04 - ISBN : 978-2-01-397140-9
Loi n° 49-956 du 16 juillet 1949 sur les publications destinées à la jeunesse
Dépôt légal : mai 2021

Imprimé en France